Angelika Klüssendorf
Vierunddreißigster September

Angelika Klüssendorf

Vierunddreißigster September

Roman

PIPER

Mehr über unsere Autorinnen, Autoren und Bücher:
www.piper.de/literatur

Unser Versprechen für mehr Nachhaltigkeit
• Klimaneutrales Produkt
• FSC®-zertifiziertes Papier
• Hergestellt in Europa

MIX
Papier aus verantwortungsvollen Quellen
FSC www.fsc.org
FSC® C014496

ISBN 978-3-492-05990-9

Gesetzt aus der Stempel Garamond
Satz: Eberl & Kœsel Studio GmbH, Krugzell
Druck und Bindung: GGP Media GmbH, Pößneck
Printed in Germany

Für Torsten, Anna und Jakob, Lina und Henry

1

Hilde

Sieh mal die Blumen, wollte sie sagen, doch sie tat es nicht. Der Frost hatte das Fenster mit Eisblumen überzogen. Sie hauchte an die Scheibe, bis sie durchschauen konnte. Die Laternen warfen Splitter aus Licht, es war sechs Uhr morgens, der Dorfanger lag still da. Stille wie vor dem Weltende. Nur eine Taube hüpfte am Zaun entlang, ihr fehlte ein Fuß; sie sah ramponiert aus und fügsam, als wartete sie auf einen Habicht.

Sie hörte Walter rufen: Hilde, hast du meine Handschuhe gesehen?

Obwohl sie sich nach über vierzig Ehejahren noch nicht daran gewöhnt hatte, dass er sie fragte, wo etwas lag – manchmal direkt vor seinen Augen –, blieb sie gleichmütig.

Hier, sagte sie und reichte ihm die Handschuhe, vergiss nicht den Arzttermin, doch da war er schon zur Tür hinaus. Sie folgte Walter durch den Garten. Er drehte sich zu ihr um, sein Atem stieg in kleinen Wolken auf.

Vergiss nicht den Arzttermin.

Er nickte, holte das Moped aus dem Schuppen und fuhr los.

In der Küche räumte sie das Geschirr in den Spüler, öffnete das Fenster und atmete tief aus. Der bleiche Mond, wie angeklebt, da oben. Sie hörte die ersten Autos starten. Die Bäuerin vom Mühlenhof wartete an der Bushaltestelle. Die Schriftstellerin ging mit ihrem Hund in Richtung Wald. Sie stand meist früh auf, doch es kam auch vor, dass sie erst mittags das Haus verließ, ramponiert wie die fußlose Taube. Hilde wusste nicht, ob sie die Schriftstellerin mochte. Leere Weinflaschen lagen verstreut in ihrem verwilderten Garten. Dann die laute Musik, oft bis zum frühen Morgen, und das Getrommel ihres Freundes. Ihn nannte sie nur den Trommler. Er war im vergangenen Sommer aufgetaucht, mit einer gelben Blume in der Hand, seitdem waren die beiden zusammen. Hilde wusste nicht, welchen Beruf er ausübte, aber er trommelte, wann es ihm in den Sinn kam. Ein großer, schöner Mann, Anfang fünfzig, Augen wie ein Husky.

Sie waren die Einzigen im Wartezimmer. Dr. Kies ging über den Flur und nickte ihr zu, sein Blick war ernst. Er war eigentlich Orthopäde und nur deshalb ihr Hausarzt, weil Hilde bis zur Rente als Arzthelferin für ihn gearbeitet hatte. Walter hatte zwei gut sichtbare Beulen auf der Stirn, links und rechts unter der Kopfhaut; sie bestanden aus Fettgewebe, hießen Lipome und waren in der Regel ungefährlich. Wenn sie auf ihn wütend war, dachte sie: Gehörnter. Heute tat er ihr leid. Walter mochte keine Ärzte. Sie hatte ihn lange überreden müssen und die Lipome vorgeschoben, doch was ihr wirklich Sorgen bereitete, waren seine rasenden Kopfschmerzen, dazu Schwindel und ein Gefühl der Taubheit in den Händen. In der vergangenen Woche hatten sie eine MRT machen lassen, gestern dann hatte Dr. Kies wegen der Ergebnisse angerufen.

Vor der Praxis zerriss ein Krachen die Stille, in vier Wochen war Silvester. Im letzten Jahr war ihr Briefkasten von Böllern zerfetzt worden. Hilde betrachtete die Bilder an den Wänden. Als Arzthelferin hatte sie oft davorgestanden und versucht, die schwarzen Striche und Kreuze zu deuten – sie hatte Wut und Verzweiflung darin gesehen. Aus der Tür des Behandlungszimmers trat Röschen heraus, die Alte, die draußen im Wald wohnte. Röschen nickte ihr zu und seufzte, sie sah verwirrt aus, fand Hilde, und einsam. Walter hockte gekrümmt auf dem Stuhl, den Kopf zwischen den Schultern, er schlief oder gab es zumindest vor. Innerhalb eines Atemzugs wusste Hilde Bescheid, sie musste allein mit Dr. Kies sprechen. Sie kannten sich gut; seiner Meinung nach konnten Männer bestimmte Arbeiten besser verrichten als Frauen und umgekehrt, während sie glaubte, dass Fürsorge und Herzenswärme den Frauen vorbehalten waren.

Hilde schloss die Tür hinter sich. Dr. Kies stand vor dem Fenster, sah sie verwundert an: Wo ist dein Mann?

Sie bemühte sich, ihm beizubringen, dass Walter ein schlechtes Ergebnis niemals ertragen würde.

Dr. Kies schüttelte den Kopf. Du weißt, ich muss –

So ein Quatsch, unterbrach sie ihn, setz dich. Ich will alles hören.

Während er weitersprach, versuchte sie sich zu erinnern, wann seine ergrauten Haare völlig weiß geworden waren. Glioblastom mit großer Raumforderung, sagte er, inoperabel, rasant, Hirnödem weit fortgeschritten – wie kleine Pinsel wucherten ihm Haare aus der Nase – statistisch gesehen …

Bei der Statistik winkte sie ab. Dr. Kies konnte nicht alle Weisheit für sich beanspruchen, auch er war ein Mann, der einen Bauch und dicke Hüften bekam und dessen Hände leicht zitterten.

Die Welt wird sich weiterdrehen, sagte sie, Statistik hin oder her, und natürlich keine Chemo.

Am nächsten Tag besorgte sie die Schmerzmittel. Walter hörte sich ihre Erklärungen an, ohne Fragen zu stellen, er schien nicht argwöhnisch, hegte bemerkenswerterweise keinen Groll auf den Doktor.

Drei Wochen nach der Diagnose stolperte Walter beim Gehen, sah neben sich seinen Hund Juri, der vor Jahren gestorben war, verwechselte den Dachboden mit dem Keller. Sie beobachtete ihn misstrauisch, wenn er sie morgens freundlich begrüßte. Er hatte sie sogar in den Goldenen Ochsen eingeladen und ihr freiwillig den Fensterplatz angeboten. Wer saß da in seinem Kopf und sah sie an?

Was ist nur los mit ihm, fragte sie den Arzt.

Ein Wesenswandel, erklärte Dr. Kies, das kommt vor.

Seine lebenslange Wut, einfach so verschwunden?

Dr. Kies nickte und nieste heftig, ohne sich die Hand vor die Nase zu halten, winzige Tropfen schnellten durch die Luft. Wir sollten das Thema Tod besprechen, sagte er. Dein Mann hat nicht mehr lange.

Das ist alles, fragte sie.

Er lachte laut: Das ist alles.

Die Temperatur im Raum schien sich zu ändern. Dr. Kies saß breitbeinig hinter dem Schreibtisch und schlürfte seinen Kaffee. Er sagte: Längst zu spät für eine Chemo.

Es klang für sie, als spräche er von einer vergeblichen Aufforderung zum Tanz, vor Jahren geäußert, nun eingefordert, längst zu spät.

Hilde nahm den Weg durch den Wald, der an dem versumpften Teich endete und sie an eine alte Abbildung aus der Kreidezeit erinnerte. Kahle Äste ragten über die Eislandschaft, der Morast lag unter einer dicken Schneeschicht begraben. Eine Brücke führte zu dem Haus von Röschen, an ihrem Grundstück floss ein Bach vorbei, auch der war zugefroren. Krähen jagten durch die Luft, hinter den Bäumen waren Schüsse zu hören. Sie machte sich auf den Rückweg. Es dämmerte, als sie das Dorf erreichte. Das Licht der Laternen fiel in den Garten der Schriftstellerin. Sie sah die Frau vor dem Brennholzstapel stehen und hörte sie mit sich selbst reden.

Hallo, Frau Nachbarin, rief sie.

Die Schriftstellerin drehte sich um, als hätte sie Hilde erwartet. Was machen Sie Silvester?

Das Übliche, antwortete Hilde.

Kommen Sie doch zu uns. Mein Freund gibt mit seiner Band ein Konzert. Wir können noch Gäste gebrauchen.

Oh, danke, erwiderte sie, überrascht von dem Angebot, und betrachtete die Schriftstellerin genauer. Sie trug einen Bademantel und kam ihr müde vor. Alles in Ordnung?

Stiche im Kopf, sagte die Schriftstellerin, eine meiner Romanfiguren leidet daran, und die Schmerzen sind auf mich übergegangen. Das kommt vor beim Schreiben.

Hilde war merkwürdig berührt, als sie sich verabschiedeten. Die freundliche Einladung brachte sie zum Staunen. Dann die Selbstgespräche und ihre Offenheit. Wie gern hätte sie der Schriftstellerin erzählt, dass sie ihren Traum lebte, oder ihr sogar eins ihrer eigenen Gedichte gezeigt.

Zu Hause stand ein Blumenstrauß auf dem Tisch – echte Rosen. Walter lächelte sie an und fragte nach ihrem Tag.

Sie erzählte ihm von der Begegnung mit der Schriftstellerin.

Vielleicht ist sie aus dem Takt, sagte er.

Nicht sie, dachte Hilde.

Die suchen jemanden in der Försterei.

Ja, und? Sie zuckte mit den Achseln.

Es ist wegen dem Jungen, Hans? Er wollte doch dort arbeiten, oder?

Hilde glaubte sich verhört zu haben. Das war Jahre her, und Walter hatte den Jungen gehasst, vor Wut gezittert, wenn sie nur seinen Namen nannte. Am liebsten hätte sie gegen seine Freundlichkeit angebrüllt. Hatte er denn alles vergessen? Wo war sein trockener, staubiger Kern, wo seine Bösartigkeit geblieben?

In diesen Tagen wollte Hilde nur gehen und gehen, in den Wald, über die Felder, bloß nicht nach Hause. Die Schneeflocken fielen dicht, schluckten die Geräusche. Mit jedem Schritt versanken ihre Stiefel tiefer im Schnee, sie entdeckte Fährten von Tieren, trotzdem ging sie weiter, konnte nicht aufhören. Sollte sie sich hier in der wattigen Stille von all dem Weiß begraben lassen? Sie blieb eine Weile stehen und atmete durch. Auf der Lichtung sah sie einen Fuchs. Er schoss aus dem Schnee, streckte seinen rötlichen Körper, die Läufe weit von sich, wirbelte durch die Luft, drehte sich einmal, zweimal, als würde er eine Tanzmelodie hören. Ein rauer Luftzug streifte ihr Gesicht. Der Fuchs war verschwunden, es hatte aufgehört zu schneien.

Walter sprach von Freunden aus seiner Schulzeit, als hätte er sie erst gestern verabschiedet. Er werde mit ihnen zelten fahren, an die Ostsee, mit dem Moped.

Er stand vor ihr und sagte: Ich bin verkatert, habe so viel getrunken gestern Abend.

Mit wem denn?

Mit Frieder, sagte er, wir haben gefeiert, er hat seine Fahrprüfung bestanden, das war zünftig.

Das war früher, sagte sie.

Kann schon sein, seine Stimme klang nachdenklich.

Du bist alt.

Aber wir sind zu Hause.

Wer ist Frieder?

Du kennst ihn nicht? Sein Erstaunen kam ihr echt vor.

Walter kramte alte Fotos hervor. Ein aufregendes Leben hatten wir, sagte er und zeigte ihr einen Schnappschuss, allerdings ohne Frieder. Sie beide standen rußverschmiert mit den anderen Dorfbewohnern vor dem Mühlenhof, und tatsächlich, es lag so etwas wie Glück auf ihren Gesichtern.

Ein Böllerknall jagte den nächsten. Die Tiere im Dorf spielten verrückt, sogar durch den stürmischen Wind waren die Schreie von Jackson zu hören und wildes Hundegebell. Die Schneewehen ragten inzwischen bis über die Kellerfenster.

Walter hatte sich Quarkkäulchen gewünscht, er wollte nur noch Süßes und hatte es so weit gebracht, dass Hilde ihm Schokoladenkuchen und Dosenpfirsiche servierte, bevor er auch nur daran dachte, bloß damit sie seine freundlich bittende Stimme nicht hören musste.

Darf ich dir beim Kochen zusehen, fragte er.

Tu, was du willst.

Ich erinnere mich an unsere Hochzeit, sagte er, wir sollten sie noch einmal feiern, ein großes Fest geben.

Nein, das will ich ganz bestimmt nicht.

Damals war schlechtes Wetter, aber wir waren selig.

Ich habe keine Ahnung, wovon du sprichst. Selig, das wusste sie genau, war sie nicht gewesen.

Wir könnten aufs Land ziehen.

Wo wohnen wir, wenn nicht auf dem Land?

Eine Katze anschaffen?

Du hast eine Katzenallergie. Trink einen Sherry, sagte sie und goss ihm ein Glas voll. Wir können einen Tierfilm anschauen, fügte sie versöhnlicher hinzu.

Die *Feuerzangenbowle,* fragte er.

Erleichtert über seinen Vorschlag nickte sie, auch wenn er ihr ganz und gar nicht gefiel, sie hatte den Film noch nie gemocht. Sie prostete ihm zu.

Walter trank sein Glas aus, wiegte sich gähnend hin und her.

Geh doch ins Bett, mach einen Silvesterschlaf.

Ich bin wirklich sehr müde. Er erhob sich schwerfällig aus dem Sessel. Sie hörte sein Schnaufen auf dem Weg ins Schlafzimmer, sein Gang war schleppend. Hast du alles, rief sie ihm hinterher.

Alles, was ich brauche.

Sie seufzte, erst still, dann ein zweites Mal laut hörbar, während sie die hellblaue Küchenwand musterte, die einen frischen Anstrich brauchte.

Walter hatte sich nicht zugedeckt, er atmete schwer. Seine Füße waren groß und knochig, beim Gehen setzte er sie nach außen. Er sah abgekämpft aus. Sie dachte: Es muss ihn viel Kraft kosten, dieses heitere Gemüt. Er war ein freundlicher alter Mann geworden. Sie deckte ihn zu, berührte seine Haare, versuchte, sich ein Gefühl für ihn ins Gedächtnis zurückzurufen, doch da war nichts. Er begann zu schnarchen, stieß kurze zitternde Laute aus. Sie hätte das Gewehr nehmen können, entschied sich aber für die Axt. Hilde ließ sie auf seinen Kopf niedersausen, als wollte sie ein Holzscheit spalten.

Sie hatte sich vorgestellt, danach verändert auszusehen. Sie trat aus der Duschkabine, drehte den Kopf vor dem Spiegel nach rechts, nach links, alles wie immer. Die Versuchung, sich neben Walter zu legen und einfach liegen zu bleiben, war von kurzer Dauer gewesen.

Sie öffnete die Fenster, Schneeflocken wirbelten herein. Ich werde mich nicht mit Erinnerungen aufhalten, sagte sie laut in den Raum, bevor sie die Tür hinter sich schloss.

Auf der Straße kämpfte sie gegen Wind und Schnee, dabei kam ihr in den Sinn, dass Walter frieren könnte. Sie widerstand jedoch dem Impuls, noch einmal umzudrehen und nach ihm zu sehen.

Das Haus der Schriftstellerin war früher ein Stall gewesen. Nun waren die Fenster hell erleuchtet, im Garten parkten Autos, es war warm und gemütlich, als sie eintrat. Im Flur standen Leute, die sich unterhielten und rauchten. Sie ging in den großen Saal, die Wände waren voller Bücher und Bilder, darüber wölbte sich eine blutrote Decke, in der Mitte zwei Säulen. Feuer im Kamin, daneben die fußlose Taube in einem Karton, sie ruhte am Boden und sah gar nicht mehr ramponiert aus. Hilde legte die Pralinenschachtel ab, entdeckte Dr. Kies im Gespräch mit der Schriftstellerin. Sein Gesicht sah aus, als wüsste er nicht, was er hier sollte. Der Trommler begann ein Solo, es wurde geklatscht und gepfiffen.

Auf dem großen Tisch ein Durcheinander von Flaschen, Schüsseln, Tellern. Hilde schlenderte durch den Raum, kurz spürte sie ein Zittern in den Beinen, nahm ein Weinglas und setzte sich auf das Sofa.

Dr. Kies kam zu ihr und begann zu reden. Sie ließ sich das Glas von ihm nachfüllen und verstand nicht, was er ihr sagen wollte. Sie fragte sich, warum Männer in seinem Alter ihren Wanst vor sich herschoben, als wäre er das Verdienst eines heroischen Lebens. Sie bemerkte Schweiß auf seiner Stirn. Wo ist deine Frau, unterbrach sie ihn, ich kann sie nicht entdecken.

Hat den Kopf in den Wolken. Und Walter?

Der schläft, sagte sie.

Wie geht es ihm?

Ich glaube, sein Herz ist gebrochen.

Na, na, na, sagte er und tätschelte ihre Hand, nur nicht verzweifeln.

Sie stellte verwundert fest, dass sie sich wohlfühlte. Der Dackel der Schriftstellerin hatte seine Pfote auf ihren Schuh gelegt. Sie gab dem Hund ein Stück Brot, und er winselte freudig.

Dr. Kies redete weiter, seine Stimme schraubte sich in die Höhe, klang herausfordernd, überdreht. Sie stellte sich vor, wie sie seine Nasenhaare mit einer Stichflamme versengte, und lachte auf.

Was ist, fragte er und zeigte ihr seine schmutzigen Hände. Sie begriff, er sprach über seine Bilder. Es sei ihm wichtig, die Kunstwelt in Erstaunen zu versetzen mit der einzigen Farbe, die Beachtung verdiene: Schwarz, alles müsse schwarz sein. Er hielt inne, sein

Blick löste sich von ihr und folgte dem Rollschuhmädchen. Helen fuhr durch den Raum, und es hatte den Anschein, als würde das Feuer im Kamin auflodern. Selbst ihre Knochen müssen schön sein, dachte Hilde, das Mädchen hatte die Beine eines Fohlens. Aus einem Impuls heraus wollte sie es umarmen. Bisher war sie neidisch gewesen auf seine Jugend und Schönheit. Kurz schoss ihr durch den Kopf, ob dieser Sinneswandel etwas mit Walters Tod zu tun hatte.

Als der Biobauer Hilde zum Tanzen aufforderte, folgte sie ihm, ohne zu zögern.

Dr. Kies ist momentan unausstehlich, sagte Wolfgang, sabbelt nur von seinen Bildern.

Wie geht's auf dem Hof, fragte sie.

Eine Sau hat geworfen, komm mal vorbei, dir die Ferkel ansehen.

Sie bewegte sich langsam. Bin eingerostet, ist lange her, dass ich getanzt habe.

Das ist genau meine Musik, sagte Wolfgang und deutete auf die Band. Hilde sah hinüber: Der Gitarrist hatte die Haare blau gefärbt, der Sänger schien mit geöffneten Augen zu träumen, seine Stimme war rau und laut. Sie spürte ihr Muttermal brennen, nahm alles mit geschärfter Aufmerksamkeit wahr. Wolfgangs Tanzstil war gewöhnungsbedürftig, er sprang nach links, nach rechts, bewegte Arme und Hände, als wickelte er ein Wollknäuel auf. Er trug ein knallgelbes Hemd und eine Kette mit Tierzähnen.

Von welchem Tier, fragte sie.

Wolfszähne, sind magisch.

Die Stimme des Sängers wurde lauter, der Gitarrist schlug kräftiger in die Saiten, der Trommler wirbelte die Stöcke, wie unter Strom. Sie fühlte sich noch immer wohl inmitten der Musik und des Lärms.

In einer Pause erzählte sie Wolfgang von dem tanzenden Fuchs auf der Lichtung.

Wann war das, fragte er.

Als sie den Tag nannte, lachte er laut. Das war kein tanzender Fuchs, sagte er, den habe ich geschossen.

Er ist tot?

Wolfgang nickte.

Ich habe noch nie so etwas Schönes gesehen, sagte sie.

Längst war das neue Jahr angebrochen. Hilde hatte mit allen getanzt, sogar mit dem Trommler. Sie hatte ihn zum Lachen gebracht. Erstaunlich, dass sie dazu fähig war. Aber nun kam die Müdigkeit. Sie verabschiedete sich.

Passen Sie auf, draußen stürmt es, sagte die Schriftstellerin.

Der eisige Wind war so heftig, dass sie kaum vom Fleck kam. Es blitzte und donnerte, die Fensterscheiben vibrierten. Die Böen drückten Hilde an einen Gartenzaun. In dem anhaltenden Tosen ging ein Graupelschauer nieder, wurde abgelöst von einem Schneesturm, binnen Minuten lag der Schnee knöchelhoch. Sie kämpfte sich Schritt für Schritt voran. Erst am Dorfausgang blieb sie stehen und sah ihre Fußspuren weiß hinter sich verschwinden.

Walter

Das neue Jahr wurde von einem Sturm begrüßt, der meinen Namen trug. Keller wurden unter Wasser gesetzt, Erdgeschosse überschwemmt, Dächer abgedeckt. Die Stromversorgung fiel aus, Bäume lagen entwurzelt auf Straßen und Feldern. Blieb deshalb mein Tod tagelang unentdeckt? In unserem Haus standen die Fenster offen. Erst dem Rollschuhmädchen fiel auf, dass da etwas nicht stimmen konnte. Sie war es, die mich fand. Polizei und Spezialisten der Spurensicherung rückten an. Sogar im Fernsehen wurde unser Haus gezeigt. Journalisten kamen und drängten sich auf. Die Frage, wer Hilde zuletzt gesehen habe, das Warum, weshalb.

Wolfgang läuft noch immer in heller Aufregung umher, startet Suchaktionen und befragt jeden.

Wie merkwürdig, Gast bei der eigenen Beerdigung zu sein.

Es gibt einen Gottesdienst. In meiner Sterbeurkunde steht unter Religion: evangelisch. Die Trauerfeier findet in der Feldsteinkirche am Dorfanger statt, ein schöner

Bau, von Efeu überwuchert, drinnen ist es eiskalt, minus zwei Grad. Bis zum letzten Platz ist der Raum besetzt, sogar aus den Nachbardörfern sind sie gekommen, einige stehen gedrängt im Vorraum.

Da sind sie nun, meine frierenden Trauergäste, neugierig, nicht nur auf die Rede der Pastorin. Sie richtet ihren Blick nach oben, keine Ahnung, wen sie dort zu sehen erwartet. Leo, der kleine Panzer, kichert in der ersten Reihe, neben ihm seine Mutter, die Besitzerin des Mühlenhofs. Wolfgang schaut sich misstrauisch um, als wäre hier der Mord passiert. Dr. Kies sitzt auf einer der mittleren Bänke roboterhaft neben seiner Frau. Branka hält sich die Hand vor den Mund, um ihr Lachen zu verbergen.

Die Pastorin positioniert sich direkt vor den Toten, die natürlich auch da sind, doch davon später. Sie begrüßt die Gemeinde mit ernster, fast tonloser Stimme und beginnt: *In der Welt habt ihr Angst, aber seid getrost, ich habe die Welt überwunden.* Die Trauergäste reden miteinander oder schauen zur Tür, als könnte Hilde jeden Moment hereinspazieren und ihnen erklären, was sie wissen wollen. Die Schriftstellerin hat sogar einen Notizblock dabei.

Wer hat mich ermordet? Wo ist Hilde? Die Fahndung nach ihr hat nichts ergeben, sie gilt weiterhin als vermisst. Während die Pastorin über mich zu reden beginnt – *er starb zu früh, wurde unerwartet aus dem Leben gerissen* –, bläst Heinrich seinen Säuferatem in Bipolarchens Nacken. Hans trägt einen Pferdeschwanz und Kopfhörer, ohne Rollstuhl beansprucht er mit der

Prothese eine ganze Sitzbank, halb im Liegen trinkt er aus seinem Flachmann. Er ist ohne seine Mutter hier, es heißt, die dicke Hubert passe nicht mehr durch die Tür. Doris, die Ortsvorsteherin, ist wie immer akkurat gekleidet und schnäuzt sich laut. Das Rollschuhmädchen tuschelt mit Röschen. Eisenalex kommt zu spät.

Die Pastorin beendet ihre Rede, dankt dem Förderkreis für Spenden, vom Erlös kann ein Kirchentor repariert werden.

Beim Verlassen der Kirche trennt sich die Spreu vom Weizen, ein Grüppchen begleitet den Sarg, doch die meisten folgen Branka direkt in den Goldenen Ochsen. Mit der Beerdigung haben sie einen guten Vorwand, schon mittags ihr Bier zu trinken.

Der Sarg ist mit gerafftem Stoff ausgeschlagen wie ein Babykörbchen. Über dem Totenhemd – eine Gabe der Ortsvorsteherin – trage ich meinen alten Anzug. Es gibt noch keinen Grabstein. Die Frau von Dr. Kies steht so nah an der Grube, als wolle sie sich hineinstürzen. Die Erde fällt dumpf auf den Sargdeckel. Ich verabschiede mich von meinen sterblichen Überresten. Die anderen Toten schauen gelangweilt – welch billiges Spektakel, verraten ihre Mienen. Was unterscheidet die Toten von den Lebenden? Tote weichen dem Bus nicht aus. Gerda Engel, Hildes Mutter, winkt mir zu. Ich werde später mit ihr reden.

Noch einmal: Hilde

Es gab eine Sonnenfinsternis, als sie Walter das erste Mal sah. Sie stand inmitten von Schaulustigen, die selbst gebastelte Brillen trugen, während sie ihre Augen nur mit der Hand beschirmte. Davon kann man blind werden, sagte der Mann neben ihr. Er lieh ihr seine Brille, sie kamen ins Gespräch. Es stellte sich heraus, dass sie sich schon einmal begegnet waren. Er hatte einen verletzten Kollegen zu Dr. Kies gebracht – und da war sie gewesen. Hilde war sich dessen nicht bewusst, tat aber so, als bestünde die Möglichkeit. Man kann Sie nicht verwechseln, sagte er und tippte sich an die Wange, genau dahin, wo bei ihr das Muttermal war. Er wohnte nur drei Dörfer entfernt und hatte seine Sommerferien in ihrem Dorf verbracht, bei Bauer Lehmann. Hilde erinnerte sich, ihre Mutter hatte von dem Bauern erzählt.

Als sie Walter kennenlernte, lag ihre Mutter im Krankenhaus, wegen der Verkalkung eines Herzbeutels, einer *constrictio pericardii*, auch Panzerherz genannt. Schon wenige Stunden nach der OP schien es ihr wieder blendend zu gehen, sie stritt mit der Bettnachbarin. Gerda Engel bezeichnete sich selbst als zähes Ding. Bis vor zehn Jahren war sie Schäferin gewesen, dann war sie bei der Bergung eines toten Schafs von einem Bus angefahren worden und hatte seitdem ein steifes Bein. Es fiel ihr schwer, nicht mehr arbeiten zu können, und die Missgeschicke häuften sich. Sie stürzte, brach sich das Handgelenk, die Schulter, litt unter chronischen Schmerzen und Arthrose. Das zog sich über Jahre hin, bis das Panzerherz ihr kaum noch Luft zum Atmen ließ. Hilde war da sechsunddreißig.

Walter und ihre Mutter spielten im Krankenhaus Karten, redeten über frisch geborene Lämmer und die besten Weideplätze; beide verband die Liebe zu ihrem Beruf. Gerda Engel schien schon als Schäferin geboren, Walter war Waidmann durch und durch. Er war sechs Jahre älter als Hilde, sie fühlte sich geborgen, wenn sie mit den beiden in der Küche saß, die Blicke der Mutter friedlich und die von Walter ihr zugewandt. Als Gerda Engel von Hochzeit sprach, war er sofort einverstanden, während Hilde nur nickte, als erwiderte sie einen beiläufigen Gruß.

Walter erwarb das einzig freie Haus in ihrem Dorf; es lag nur einen Katzensprung von Dr. Kies entfernt.

Die Hochzeit war unspektakulär. Sie fuhren mit dem Bus in die Stadt. Regenwetter, zwei Trauzeugen von der Straße. Die Standesbeamtin unterstrich ihre Rede mit ruckartigen Kopfbewegungen, keines ihrer Worte handelte von Liebe.

Später fragte Hilde sich immer wieder, warum sie so unbeteiligt geblieben war. Sie hatte sich aufheben lassen wie einen Stein vom Wegesrand. Sie hatte es einfach nicht fertiggebracht, Nein zu sagen. Walters Lipome links und rechts auf der Stirn waren nur zart anmutende Beulen gewesen. War es seine Verlässlichkeit, sein meckerndes Lachen, in das sie sich verliebt hatte? War sie überhaupt in ihn verliebt gewesen? Sie wusste es nicht, und das *Warum* tickte noch nicht – einer Zeitbombe gleich – in ihrer Brust.

Hilde hatte solche Häuser nie gemocht. Grauer Kratzputz und innen holzvertäfelt. Als sie einzogen, versuchte sie, die Räume frisch zu gestalten. Bunte Gardinen, Kunstdrucke an den Wänden: Monet, Klee. *Die Artistin* von Kirchner hatte sie selbst nachgemalt. Es schien ihr ewig her, dass sie im Kunstverein gewesen war. Sie hatte damals das Gefühl gehabt, das junge Mädchen auf dem Bild zu sein, sich selbst zu malen. Was ihr allerdings wirklich am Herzen lag, waren Gedichte. Seit ihrer Kindheit schrieb sie Poesie und kurze Geschichten. Sie war im Zirkel schreibender Arbeiter gewesen, eins ihrer Sonette war sogar in einer Literaturzeitschrift veröffentlicht worden. Sie hatte erwogen, ernsthaft zu schreiben, doch nicht mit ihrer Mutter gerechnet, die ihr diesen Plan entschieden ausredete. Schreiben sei etwas für Träumer, sie solle einen klaren Kopf behalten und etwas Nützliches machen. Hilde wurde Arzthelferin. Und sie begann intensiv zu lesen.

Zweimal wöchentlich fuhr sie in die Stadt und lieh Bücher aus der Bibliothek.

Das erste Jahr im neuen Haus zog an ihr vorbei, als wäre sie nicht anwesend. Im Frühjahr pflanzte sie Ziergehölze, Sträucher und Obstbäume und wartete darauf, dass sich im September die rötliche Blattfärbung der Goldjohannisbeere zeigte und im nächsten Frühjahr der Flieder in voller Blüte stand. Vom Dorfanger her hörte sie im Mai die Frösche quaken. Sie pflanzte Lärchen und Tannen, nur mit den Blumen hielt sie sich zurück. Walter mochte keine Blumen. Er wies sie nachdrücklich auf die von Ungeziefer befallenen Pflanzen hin und wurde wütend, als sie ihm erklärte, dass Raupen Futter für Jungvögel seien.

Obwohl ihre Mutter am Ende des Dorfes wohnte, sahen sie sich kaum. Walter setzte das Kartenspiel mit ihr nicht fort, überhaupt schienen diese weit zurückliegenden Wochen zu einem anderen Leben zu gehören.

Als die Mauer fiel, trug der Birnbaum erste Früchte. Das Dorf befand sich in einem seltsamen Zustand; wochenlang standen alle auf der Straße und diskutierten über das Für und das Wider der gefallenen Mauer, tauschten sich über Reisen und günstige Angebote aus dem *Westen* aus. Silvester feierte noch die Hälfte der Dorfbewohner zusammen. Ein heißer Sommer folgte, doch es schien nicht an der Hitze zu liegen, dass es so still wurde auf den Straßen. In diesem Jahr schlachtete man zum Erntefest kein Schwein. Zwei Jahre später wurde ein Kinderspielplatz gebaut, obwohl es keine Kinder gab.

Walter war ein wütender Mensch geworden, und es sah so aus, als wäre ihm die Wut in die Lipome gestiegen, nun zwei wuchtige Beulen, spitz zulaufend. Er war Brigadeleiter für Forstwirtschaft, es gab Entlassungen, Stellen wurden gestrichen. Die Kollegen verhielten sich anders, und Walter fragte sich oft, ob er beleidigt worden war. Seine übliche Sorgsamkeit galt plötzlich als Pedanterie, die Grenzöffnung machte ihm mehr zu schaffen, als er zugab. Er behielt sein Parteibuch, zeigte aber kein Interesse an einer weiteren Mitgliedschaft. Ich wurde getäuscht, sagte er, als nähme er jede Veränderung persönlich.

Hilde wollte es nicht sehen. Sie wollte *ihn* nicht sehen. Ihre Fehlgeburt hatte er später als Abgang bezeichnet. Du warst nicht mal im vierten Monat, außerdem bist du viel zu alt, hab dich nicht so, das waren seine Worte. Sie fühlte sich ausgehöhlt, als würde ein kalter Wind durch ihre Gedärme gehen. Sie war Anfang vierzig, und erst mit dem Einsetzen der Blutungen war ihr klar geworden, dass sie sich das Kind gewünscht hatte. Nach dem Verlust schmerzte ihr Bauch, doch sie ließ sich nicht krankschreiben, hatte es eilig, wieder aus dem Haus zu kommen.

Als der laut werbende Gesang des Buchfinken verstummt war, beobachtete sie das Weibchen, das Wurzeln, Grashalme und Federn für den Nestbau heranschleppte. Es baute das Nest in einer Gabel des Ahorns, und schon bald konnte Hilde die geschlüpften Jungen sehen. Anfangs saßen sie nur da, die Schnäbel aufgesperrt, als wollten sie die Welt verschlucken. Nach den ersten Flugversuchen flatterten sie hierhin und dorthin, und schon wenig später, kaum fuhr ihnen der Wind in die Federn, flogen sie endgültig auf und davon. Ein Sommer verging, noch einer und dann der nächste.

Hilde und Walter saßen beim Abendessen, Doris, die Ortsvorsteherin, lief an ihrem Fenster vorbei und rief: Kommt helfen, es brennt! Auf dem Mühlenhof war ein Blitz in den alten Nussbaum gefahren, der im Fallen die Mühle unter sich begraben und dabei in Brand gesetzt hatte.

Walter warf das Brot auf den Teller und lief hinaus, sie konnte kaum mit ihm Schritt halten. Der Feuerschein hatte den Mühlenhof in eine grelle Kulisse verwandelt, das Lodern der Flammen übertönte alle anderen Geräusche. Walter stürzte sich ins Geschehen und erstaunte sie mit seiner Umsicht. Er wies die anderen Dorfbewohner an, eine Kette zu bilden und im flirrenden Funkenflug die Ruhe zu bewahren. Die freiwillige Feuerwehr kam ohne ihren Einsatzleiter. Heinrich lag betrunken im Bett, war nicht zu wecken gewesen. Und dann, welch ein Wunder: Die Wolkendecke riss auf, und durch den brandigen Dunst schlugen schwere Wassertropfen zu Boden. Der Regen wütete wie gerade noch das Feuer. Als die letzten Flammen gelöscht waren, standen alle da, bis auf die Knochen durchnässt,

Ruß auf den Gesichtern. Rauch hing wie eine Glocke über dem Hof. Branka ließ eine Schnapsflasche herumgehen. Die Besitzerin des Mühlenhofs, Nelli Panzer, hielt ihren Leo fest umklammert, als würden sie sonst jeden Augenblick auseinanderbrechen. Es war ihr Jüngster, der Ältere lag seit Jahren auf dem Friedhof.

Wolfgang, der heimliche Dorfpolizist, sprach sogleich von Brandstiftung, doch den Biobauern nahm niemand richtig ernst.

Ein Wunder, dieser Regen, sagte Branka.

Das glaubt uns keiner, sagte Leo, und dieses *uns*, so empfand Hilde es später, lag wie ein Hoffnungsschimmer zwischen den taumelnden Ascheflocken. Die Mühle war längst nicht mehr in Betrieb gewesen, der Brand hatte Wohnhaus, Ställe und Tiere verschont. Nur noch dünne Rauchsäulen stiegen auf. Die Feuerwehr fuhr wieder ab, hupte laut vor Heinrichs Fenster. Die Ortsvorsteherin bot Nelli und dem Jungen an, im Gemeindehaus zu übernachten.

Wir müssen uns um die Tiere kümmern, sagte Nelli Panzer, und jetzt hörten es alle: Jackson, der alte Keiler, stieß ein erbärmliches Grunzen aus.

Hilde stand vor Tagesanbruch auf und begann zu putzen. Ruß war durch die Ritzen des Hauses gedrungen. Sie säuberte Schränke, polierte Fenster, bohnerte die Treppe, betrachtete danach zufrieden ihr Werk. Als Walter in die Küche kam, schaltete er das Radio an: Mal sehen, ob sie was bringen.

Das hätte auch uns treffen können, sagte Hilde.

Wie von einer frischen Brise getragen, empfand sie die nächsten Tage. Sie waren davongekommen, dieser Gedanke streifte sie mit einem leichten Glücksgefühl. Sie tranken Wein zum Abendessen, gingen gemeinsam zum Ort des Geschehens, die Dorfbewohner redeten miteinander, gaben alte Weisheiten preis, und ein Schuldiger war schnell ausgemacht: Heinrich hatte den Einsatz verschlafen.

Der Wetterbericht hatte das Gewitter angekündigt und vorher die Hitze, da war doch alles klar, sagte Branka.

Aber nicht für unseren Einsatzleiter, rief Wolfgang, der lag stockvoll im Bett.

Bipolarchen, der neben Heinrich wohnte, tippte sich verächtlich an die Stirn: Wisst ihr, was er mir gesagt hat? Er habe sich den Magen verdorben.

Die Hitze der letzten Wochen hatte die Teerflicken der Straße aufplatzen lassen, Gras und Unkraut verdorrten. Eine solche Stille. Hilde hätte am liebsten einen Brief geschrieben und alles geschildert, aber wem? Freunde von früher passten nicht in ihr heutiges Leben. Ihr Mann war kein Briefeschreiber, und soweit sie wusste, hatte er ohnehin keine Freunde. Die Entrüstung über Heinrich klang ab, der Alltag pendelte sich wieder ein. Nur Walter konnte nicht loslassen, als wollte er das Unglück vom Mühlenhof konservieren.

Es muss Konsequenzen geben, sagte er.

Was meinst du damit, fragte sie.

Ein Unglück kommt selten allein. Der Brandschutz im Dorf muss wieder besser werden. Wir sollten eine Versammlung abhalten. Niemand kümmert sich mehr um irgendwas, sagte Walter. Er traf sich mit Wolfgang, der tagelang durchs Dorf schlich, um Informationen zu sammeln, die einen Tatverdacht bestätigen könnten. Der Biobauer wollte sogar den Polizeibericht einsehen, was man ihm verweigerte. Es habe keine Brandstiftung gegeben, hieß es knapp. Schließlich hatte Walter genug.

Wenn Hilde ihm nun allerdings sein geliebtes Kreuzworträtsel geben wollte, winkte er ab: zu nervös. Stattdessen blätterte er zu den Todesanzeigen und rechnete aus, wie viel Lebenszeit ihn von den Toten trennte. Dreizehn Jahre habe ich schon länger, sagte er über einen früheren Kollegen, und der war Vegetarier. Fortan wollte er öfter Fleisch essen.

Hilde beschloss, einen Schwimmkurs zu besuchen. Der Bus ging dreimal am Tag und brauchte fünfundvierzig Minuten bis in die Stadt. Sie mochte es, Dörfer und Landschaften hinter sich zu lassen, davon zu träumen, was möglich wäre. Sie war die Älteste in dem Kurs, außer ihr fast nur Kinder, zwei jugendliche Mädchen noch. Sie hatte gedacht, sie würde sich schämen für ihren Körper, der ihr oft nutzlos vorkam. Stattdessen empfand sie Freude, sich im Wasser zu bewegen, sie scherzte mit den Kindern und schnorrte von einem der Mädchen Zigaretten, die sie rauchte, wenn sie den Bus absichtlich verpasste und durch die Straßen ging. So erfuhr sie von einem Sprachkurs in der Volkshochschule; Tschuktschisch, beheimatet im nordöstlichen Zipfel des russischen Fernen Ostens. Eine gefährdete Sprache, der Kurs war kostenlos. Sie besorgte sich alle Bücher des Tschuktschen Juri Rytcheu und folgte ihm auf seinen Reisen. Auch dieser Kurs bereitete ihr Freude, sie lernte schnell, und auf dem Heimweg verlor sie sich in Träumen, die nichts mehr mit ihrem Leben zu tun hatten. Nach Kursende lernte Hilde, Holz zu hacken.

Als sie an einem Sonntag zum See fuhren und sie Walter ihre neuen Schwimmkünste vorführen wollte, folgte er ihr mit Badelatschen ins Wasser.

Ich dachte, wir schwimmen gemeinsam, sagte sie.

Nicht so viel denken, sagte er.

Hilde hörte den Aufprall und lief hinaus, sah das Motorrad auf dem Dorfanger vor der alten Kastanie, eingehüllt in blauem Qualm, und im Herankommen den jungen Mann verrenkt danebenliegen. Der Motor brummte wie ein ferner Hornissenschwarm, Sekunden verstrichen, ehe sie das Bein sah, zermatscht und voller Blut. Sie lief ins Haus, rief den Rettungsdienst, suchte den Verbandskasten. Als sie zurückkam, umstanden etliche Dorfbewohner die Unfallstelle. Sie beugte sich über den Verunglückten, nahm keine Atmung wahr, tastete den Brustkorb ab, drehte ihn auf die Seite. Es war Hans, der Sohn der dicken Hubert. Sie band den Oberschenkel ab; wie ferngesteuert, würde sie später denken. Sie fühlte die Wärme des jungen Mannes unter der Kleidung und noch immer keinen Atem. Er hatte bestimmt eine gehörige Menge Alkohol intus, und das am frühen Vormittag.

Eine Woche und mehrere Bluttransfusionen später wurde er aus der Intensivstation verlegt. Zwei Rippen hatten seinen rechten Lungenflügel durchstoßen, der linke Unterschenkel hatte amputiert werden müssen. Nur mit seinem Kopf schien, obwohl er ohne Helm gefahren war, alles in Ordnung zu sein. Hilde nahm den Bus in die Stadt, dann die Straßenbahn zum Krankenhaus. Sie hatte zwar einen Führerschein, war seit ihrer Hochzeit aber nicht mehr gefahren. Walter wollte es nicht.

Kaum hatte sie das Krankenzimmer betreten, begann Hans zu reden. Sie haben mich gerettet, rief er. Ich wäre längst tot ohne Ihre Hilfe.

Überraschenderweise begann Hilde zu weinen. Oh Gott, sagte sie, das will ich nicht. Sie fand ein Taschentuch in ihrer Jacke und schnäuzte sich. Er war zwanzig, seine Augen lagen weit auseinander, azurblaue Iris, winzige Pupillen, und sie dachte, dass sein Blick von einer immensen Einsamkeit zeugte. Sie hatte zuvor nie ein Wort mit ihm gewechselt, im Dorf ein kurzes Nicken im Vorübergehen, sonst nichts.

Beim nächsten Besuch sagte sie: Es ist auch Glück im Unglück, Sie sind ohne Helm gefahren und haben nur eine Gehirnerschütterung.

Wenn Sie das glauben, sagte er. Aber wenigstens mein Bein hätte man retten können.

Hilde war unsicher, ob er sie damit meinte oder die Ärzte. Er war inzwischen nicht mehr so euphorisch, mit dem Leben davongekommen zu sein.

Sie hatte ihm Obst mitgebracht und ein Buch: *Huckleberry Finn*.

Bitte lesen Sie mir vor, bat er.

Mittagssonne fiel durch das Fenster, Hilde hörte das Blut in ihren Ohren rauschen.

Ich möchte Tom Sawyer sein, sagte Hans, bevor er einschlief.

Anderntags wechselte er zum Du. Du musst was machen, sagte er. Ich will keine Prothese.

Mit einem künstlichen Bein kannst du laufen, vielleicht sogar wieder Motorrad fahren, entgegnete sie.

Der letzte Dreck werd ich sein, mit 'ner scheiß Prothese.

Der Junge hätte recht, wenn er fünfzig wäre oder sechzig, dachte sie, er jedoch befand sich am Anfang seines Lebens, bloß konnte sie ihm das unmöglich sagen. Ihr Trost blieb flüchtig, sie hatte sich nur kurz von ihrer Arbeit freinehmen können, Dr. Kies wartete längst.

Wenn sie abends nach Hause kam, sah Walter demonstrativ auf die Uhr. Er arbeitete seit Monaten nur noch halbtags in der Försterei. Seit dem Mauerfall werde geschludert, sagte er, und *er allein* könne nichts dagegen ausrichten. Walter befand sich in einem Kampfmodus, wusste aber nicht, wen er bekämpfen sollte. Und jetzt gab es diesen verunglückten Selbstdranschuld; er kaute auf dem Wort herum, ehe er es ausspuckte: *Selbstdranschuld*.

Sein Name ist Hans, sagte sie.

Walter sah sie nun anders an, wie etwas Bedrohliches, einen Dorn, in den er treten könnte, und sie nahm die Verachtung in seinem Gesicht wahr. Neuerdings verschwand er jede freie Minute im Wald, begleitet von seinem Dackel Juri, benannt nach dem berühmten Kosmonauten.

Die Leute aus dem Dorf fragten Hilde seit dem Unfall bei kleinen und größeren Verletzungen um Rat, zeigten eine Unbekümmertheit im Umgang mit ihr, als hätte sie inzwischen die Kompetenz einer Ärztin.

Hilde besuchte Hans alle zwei, drei Tage und las ihm nach Tucholsky und Rilke auch eigene Gedichte vor.

Ich brauche Arbeit, du musst mir helfen, Arbeit zu finden – das war ansonsten sein Mantra. Sie half ihm, die Formulare für die Versicherung auszufüllen.

Engel, sagte er, in deinen Gedichten kommen Engel vor, das ist schön. Wie willst du mal sterben?

Am liebsten im Schlaf, antwortete sie.

Das ist doch langweilig, sagte er. Ich bin allergisch gegen Tonic, wenn ich Gin Tonic trinke, schwillt mein Hals an, ich bekomme keine Luft mehr, und dann ab die Post! Hast du Allergien? Ja? Welche? Schon mal geschlafwandelt? Wovor ekelst du dich?

Einmal besuchte ihn seine Mutter, eine Hundertvierzig-Kilo-Frau, die ihren Gram unter einem Berg Fett zu verbergen schien, so verzweifelt sah es aus, wenn sie sich bewegte. Ich bin Ihnen sehr dankbar, dass Hans in der Försterei unterkommen kann, murmelte sie.

Hilde verstand nicht, was sie meinte.

Hör auf, sagte ihr Sohn. Er sah verärgert, nicht verlegen aus, während seine Mutter sorgenvoll Luft ausstieß.

Ich dachte, sagte sie –

Halt den Mund, fiel Hans ihr ins Wort.

So erfuhr Hilde, dass er sich eine Anstellung in der Försterei wünschte.

Da gibt es doch bestimmt 'ne Stelle, sagte seine Mutter.

Nicht, dass ich wüsste, antwortete Hilde und begriff erst jetzt, wie ernst es dem Jungen damit war. Sie würde es nicht fertigbringen, Walter darauf anzusprechen. Sie fragte sich, wie Hans überhaupt auf die Idee kam, dass es eine freie Stelle in der Försterei geben könnte, dann dachte sie, es gab kaum noch Jobs in der Nähe, und Walter war ihr Mann, wen hätte er sonst ansprechen sollen? Wider besseres Wissen sagte sie: Das kriegen wir hin, und machte eine für ihr Temperament untypische Geste.

Hans lachte beglückt, seine Mutter blies sich mit einem Seufzer den Pony aus der Stirn. Es gibt doch 'ne Menge Möglichkeiten, sagte er, ich könnte Revierförster werden, sogar Jäger. Er zeigte ihr eine Zeitschrift über Förster und Jäger und las ihr die Witze auf der letzten Seite vor. Die Mutter klopfte sich mit der Hand auf die wogende Brustmitte, als steckte da drinnen jemand, der beruhigt werden müsste.

Hilde saß im Garten, hatte ein aufgeschlagenes Buch vor sich, las aber nicht. Sie ließ sich schläfrig durch den frühen Abend treiben, hörte das Tschäk-Tschäk einer Grasmücke, dann wieder Stille, bis sie das Surren und Reiben von Gummireifen auf Sand wahrnahm. Sie horchte über den Gartenzaun hinaus: Hans hatte im Krankenhaus die erste Rollstuhlfahrt geübt, nun schob er sich bis an ihr Tor. Bin schon da, rief sie und erhob sich eilig. Sie lief neben ihm her und half, wenn der Weg zu steinig wurde.

Ich will hier raus, sagte er.

Sie deutete auf seinen Beinstumpf und fragte: Wann ist die Prothese fertig?

Ich will aus dem Dorf raus, von diesem Friedhof verschwinden. Sein Ton klang gereizt.

Sie machte eine Handbewegung, die ihn besänftigen sollte.

Sie besuchte Hans zu Hause. Die Küche lag im Souterrain, dort stand der Fernseher, der den abgedunkelten Raum erhellte. Er lag auf dem Sofa. Über den Boden waren Bierflaschen verteilt. Im Fernsehen lief eine Kochshow.

Könnte ich sofort alles wegfuttern, sagte er statt einer Begrüßung.

Hast du Hunger, fragte sie.

Immer, erwiderte er und sah mit dem Bier in der Hand dem Koch zu, der gerade eine Gans in den Backofen schob.

Sie nahm sich ebenfalls ein Bier, ohne zu fragen,

danach ein zweites, ein drittes. Später lachte sie so sehr über seine Witze, dass ihr am nächsten Tag die Bauchmuskeln schmerzten.

Sie bereitete Walter das Frühstück zu, auch am Wochenende. Seine Feindseligkeit hatte sich längst auf den Tisch, das Salzfässchen, die Uhr an der Wand übertragen, das Ticken klang bedrohlich, tick, tack, er sah über sie hinweg, als wäre sie Luft.

Sie hatte Walter nicht gefragt, ob es einen Job in der Försterei gab, sie hatte Hans belogen. Warum, fragte sie sich später, hatte sie das Offensichtliche übersehen? Wenn der Junge mit zwei gesunden Beinen von Sozialhilfe gelebt hatte, wie sollte er da im Rollstuhl oder mit Prothese als Jäger oder Förster arbeiten können? Tage später war Hans außer sich, er beschimpfte und verdammte sie für ihren Verrat.

Hilde ging zum ersten Mal in die kleine Backsteinkirche, um sich eine Predigt anzuhören. Der Organist musste sein Spiel wegen eines Hustenanfalls unterbrechen. *Verlasset euch auf Gottes Mitgefühl*, sagte die Pastorin. Sie hätte der Frau gern geglaubt. Doch es gelang ihr nicht, zumal Gott ein Mann war, und mit Männern schien sie gerade nicht auf gutem Fuß zu stehen. Elende Drecksau, hatte Hans geschrien, als er ihre Fensterscheiben einwarf.

Walter verbarg seine Wut nicht mehr hinter heimlichen Attacken, etwa dass er die Spülung der Toilette nicht betätigte oder Hildes Sachen im Haus versteckte.

Er machte sie klein, wann immer es ging, entwertete und erniedrigte sie. Hast du dein Haar gekämmt, sagte er am Frühstückstisch, dich gewaschen? Wenn sie im Weg stand, stupste er sie weg, mit dem Ellbogen, wie zufällig.

In ihren Schuppen wurde eingebrochen, zersplittertes Glas auf dem Boden, ihre alten Tagebücher waren verschwunden.

Als ihre Mutter drei Jahre später starb, fand sie ein Sparbuch mit 5800 Mark zwischen den selbst gestrickten Socken. Hilde hatte sie vormittags abholen lassen, und schon abends konnte sie sich nicht mehr an das Gesicht der Toten erinnern. Sie empfand Bedauern über die Endgültigkeit und hätte gern getrauert, geweint, sich trösten lassen – doch es gab nichts zu trösten. Gerda Engel war es egal gewesen, wie das Leben ihrer Tochter verlief. Getroffen hatte sie nur, dass sie die Schafe hatte aufgeben müssen.

Mit dem Geld bezahlten sie den Eichensarg. Teure Kiste, billiges Begräbnis, so hätte es deine Mutter gewollt, befand Walter. Nur die Dorfvorsteherin stand neben ihnen am Grab. Es gab keine Trauerrede, keinen Leichenschmaus. Auf dem Grabstein Geburts- und Todestag, ihr Name.

Hilde mochte ihre Arbeit. Dr. Kies lobte sie für ihren Einsatz, mit den Überstunden hätte sie ihren Urlaub um Wochen verlängern können. Sie erledigte ihre Aufgaben sofort und genau, unterhielt sich gern mit den

Patienten. Sie legte neue Ordner für die Patientenakten an, entfernte alte Zeitungen, kümmerte sich um die Termine mit Handwerkern, machte nach ihrem Dienst noch das Waschbecken und die Toilette sauber – die Putzfrau kam nur freitags.

Einmal kam die dicke Hubert humpelnd in die Praxis. Sie begrüßte Hilde freundlich, als hätte Hans ihr nie die Fensterscheiben eingeworfen. Sie habe sich beim Tanzen den Fuß verknackst.

Beim Tanzen, fragte Dr. Kies und musterte ihren Körper.

Hilde meinte, seine Gedanken lesen zu können, und wusste, dass er falschlag. Sie selbst hatte die Frau tanzen sehen. Sie hatte mit Hans im Garten gesessen und einen Joint geraucht, als sie die dicke Hubert hinter dem Fenster erblickte und – graziös und schwer zugleich – ihre massige Gestalt bewegen sah.

Hilde hatte nie mehr ein Wort mit Hans gewechselt. Sobald sie das Sirren seines Rollstuhls auf der Dorfstraße hörte, verschwand sie im Haus.

Sonntags war das Haus auf eine besondere Art still. Sie wollte die frühen Stunden ohne Walter verbringen, saß über ihren tschuktschischen Vokabeln oder träumte vor sich hin. Er gewöhnte sich an, ebenfalls früh aufzustehen, und beim Frühstück war ihr, als hätte er den ganzen Platz der Küche eingenommen – so wenig Atemluft.

Walter merkte sich nichts von dem, was sie ihm

erzählte, er verdrehte die Namen ihrer Bekannten und setzte sich über ihre Richtigstellungen hinweg. Wenn sie davon sprach, jemanden einzuladen, war er dagegen, er wolle das Geld nicht zum Fenster hinauswerfen und ertrage keine Fremden. Als Hilde entgegnete, sie müssten ja nicht fremd bleiben, höhnte er, ob sie nicht logisch denken könne, dann seien es ja keine Fremden mehr, und Nichtfremde möge er noch weniger. Er beschwerte sich über das Essen, das ihm zu fad oder versalzen war, nur ihren Hochzeitstag vergaß er nie. Zum Zwanzigsten schenkte Walter ihr wie all die Jahre einen Gummibaum. Mittlerweile wuchs ein hässlicher kleiner Wald in ihrem Wohnzimmer.

Zwanzig Jahre, sagte sie, so alt kann ein Nymphensittich im Käfig werden.

Es gibt Schwämme im Meer, die bringen es auf zehntausend, erwiderte er.

Beide haben keine Wahl, sagte Hilde und war verwundert, dass er ihr kein Widerwort gab.

Auch zu den folgenden Hochzeitstagen bekam sie Gummibäume, die sie alle längst nicht mehr pflegte und unauffällig zu entsorgen versuchte. Ein pedantischer Zug hatte sich in Walters Mundwinkeln festgesetzt wie eine Flechte. Er bestand auf gebügelten Taschentüchern, kommentierte ihre Sätze, legte ihr Zeitungsausschnitte vor über Legionellen im Wasser, das sie fortan abkochte, und natürlich gebe es heilende Medikamente gegen Krebs, doch eine Ärztelobby halte sie zurück. Dann die Frauen, sie hätten es nicht leicht, weil ihnen übel mitgespielt werde, und sie ließen sich auch noch von ihren Hunden befriedigen. Er wisse doch, was da los sei. Walters Gesicht wurde vollends unversöhnlich, wenn über die DDR berichtet wurde, alles Lügen, sagte er und schaltete den Fernseher aus.

Das Trommeln aus dem Garten der Schriftstellerin klang wie ihr unregelmäßiger Herzschlag, vergrößerte Hildes Verzagtheit. Dort schien es nie langweilig zu sein. Sie umkreiste das Haus auf der Suche nach etwas Hässlichem. Es freute sie, wenn sie die Frau mit ihrem Trommler streiten hörte, aber dann gab es noch dieses Gestöhne, bei dem Walter hellhörig wurde und Hilde sich schämte, so wie bei Liebesszenen im Fernsehen, wenn sie das Zimmer verließ. Doch saß die Schriftstellerin im Garten und schnippelte Bohnen, hätte sie sich am liebsten dazugesetzt, die Sonne strahlte genau auf diesen Flecken mit einer besonderen Intensität. Dafür verschimmelten die Erdbeeren, ihre Rosen waren hinüber vom Mehltau, Beete und Sträucher verwahrlost. Und manchmal fegte der Wind abgenagte Hühnerknochen, Fischgräten und leere Weinflaschen vom Tisch.

Dass sie nicht den Mut fand, Walter zu verlassen, zermürbte Hilde. Seine schlechte Laune hatte etwas mit ihr gemacht. Als hätten sich seine Halsstarrigkeit und sein Missmut wie ein düsteres Puzzle in ihr ausgebreitet, das Bild einer kahlen, von Würmern zerfressenen Landschaft. Wurde auch sie boshaft?

Nebenan war eine neue Mieterin eingezogen, und

Walter sah nun öfter aus dem Fenster. Gabriela, eine junge, kräftige Frau, mindestens eins neunzig groß, mit sehnsüchtigem Blick und tiefer Stimme. Als sie sich unterhielten, bemerkte Hilde den Oberlippenbart, das grobe, kantige Gesicht, dann gab es das Gespräch über Frauenleiden, später kam hinzu, was man sich im Dorf erzählte: ein Zwitter, der ganz eine Frau werden wollte. Walter wusste nichts von all dem. Sie ist spröde, sagte er, und seine Blicke bekamen eine gewisse Anzüglichkeit. Hilde ließ ihn in dem Glauben, und als er Gabriela einen flotten Käfer nannte, pflichtete sie ihm bei. Wenn sie stritten, hatte sie nun ein Geheimnis. Was würde er wütend werden, den flotten Käfer aus dem Dorf vertreiben wollen, und erst sein Hass auf sich selbst! Gehörnter, dachte sie, wenn du nur wüsstest.

Walter

Vergangenen Sommer habe ich zum letzten Mal das Grab meiner Schwiegermutter besucht. Es ist noch derselbe Ort und doch ein anderer. Als Toter scheint mein Blick genauer zu sein: Der Friedhof sieht verwahrlost aus, einige Gräber sind in katastrophalem Zustand. Das Eisentor hängt lose in den Angeln, verwehte Glitzerkunstblumen, ein umgestoßener Engel. Hier nach Lebensende zu landen, kann sich niemand wünschen, doch wie es aussieht, habe ich keine Wahl.

Das Alter spielt bei uns keine Rolle mehr, jung sind die, die noch nicht lange tot sind, sagt Gerda Engel.

Was für ein Schwachsinn, soll ich etwa gewindelt werden, gibt man mir die Flasche?

Sie schaut mich an, ihre trockene Haut knistert vor Humorlosigkeit.

Wer hat hier das Sagen? Gibt es so was wie einen Friedhofsvorstand? Warum sehen mich alle so merkwürdig an?

Sie kennen dich noch nicht lange *so*.

Was heißt *so*?

Jeder stirbt so, wie er in der letzten Endlichkeit gelebt hat, sagt sie. Das Wichtigste sind die Stunden vor dem Übergang.

Jetzt verstehe ich nichts mehr. Ich habe sie noch nie so reden gehört.

Das wird dir schon noch aufgehen. All die Jahre haben die Toten einen wütenden Menschen gesehen, und dann wurdest du in den letzten Wochen lammfromm. Außerdem sieh dich an, dein Schädel ist ziemlich hinüber.

Das ist ungerecht, erwidere ich, die paar Wochen gegen den ganzen Rest?

Wer sagt, dass es im Tod gerechter zugeht als im Leben?

Woran bist du *so* gestorben?

Wahrscheinlich Überdruss. Sie winkt ab.

Ich dachte, es war dein Panzerherz, sage ich, und erst jetzt entdecke ich neben Gerda Engel ein winziges mumifiziertes Wesen. Was ist das?

Mein Steinkind. Ihre Stimme klingt stolz.

Dein was?

Eine Steinfrucht, die jahrzehntelang in meinem Beckenboden festsaß.

Kurz bin ich sprachlos, dann erinnere ich mich, in einem Kreuzworträtsel die Frage nach einem solchen Fötus beantwortet zu haben. Ein Lithopädion, sage ich.

Mein Lithopädion, bestätigt sie.

Wann wurde es gezeugt?

Sie schüttelt den Kopf, dann sagt sie: Der Vater liegt nicht hier.

Es gibt also einen Vater. Kopf und Körper ausgebeult, verknöchert, kurzer Rumpf, verdrehte Beinchen, schlickfarbene Augen.

Es kann leider nicht richtig laufen, sagt sie, tritt mir ständig auf die Füße.

Ich habe Gerda Engel noch nie so zufrieden erlebt. Wie sie das unförmige Ding ansieht, mit so etwas wie Liebe im Blick.

Ich bin froh, dass du da bist, sagt sie. Der Letzte muss berichten. Sie deutet auf den Friedhof.

Wer sagt das?

Ist einfach so.

Es gibt also Regeln im Jenseits?

Du bist jetzt der Berichterstatter.

Was muss ich tun?

Erzählen, was dir wichtig ist.

Dann bin ich eine Art Chronist?

Nenn es, wie du willst. Und vergiss nicht, du hast alle Zeit der Welt.

Und wo ist Hilde?

Gerda Engel tippt sich an die Stirn und verschwindet.

2

Wolfgang

Er hatte mit Hilde getanzt, da war Walter schon tot. Diesen Gedanken bekam er nicht aus dem Kopf. Erst Helen hatte die Leiche entdeckt und dabei gar nicht panisch reagiert, eher somnambul. Das Rollschuhmädchen hatte die Feuerwehr gerufen und gesagt: Hier ist ein Notfall. Als wäre es die normalste Sache der Welt. Geduldig half sie der Polizei, die sich tagelang im Dorf aufhielt, gab sogar Interviews, und einem Polizisten, der bis zum Anbruch der Nacht im Auto saß, brachte sie Kaffee. An der Suchaktion hatte sie sich nicht beteiligt. Wolfgang war sich nicht sicher, ob sie etwas verschwieg.

Tagelang war er auf eigene Faust mit einer Handvoll Dorfbewohnern durch die Wälder gestreift, trotz der Eiseskälte. Heinrich hatte natürlich als Erster schlappgemacht. In den Nachrichten wurde ein Bild der Gesuchten gezeigt. Wer Kenntnis über ihren Aufenthalt habe, solle sich unverzüglich melden. Auf dem Foto war Hilde kaum zu erkennen, ihr Gesicht rußverschmiert, es war nach dem Brand im Mühlenhof aufgenommen worden. Wie konnte es sein, dass es keine anderen Fotos von ihr gab? Hatte sie den Mord an ihrem Mann von langer Hand geplant und deshalb alle Aufnahmen von sich vernichtet?

Wolfgang war voller Euphorie, endlich eine Aufgabe, die seiner Begabung entsprach. Wie sehr hatte er sich eine Katastrophe gewünscht, die sein Leben auf Trab bringen würde. Er fuhr sogar in die Stadt, suchte vergebens nach der Volkshochschule, in der Hilde vor Jahren einen Fremdsprachenkurs absolviert hatte. Es gab keine Stadtmitte, der Matsch auf den Straßen war festgefroren, Böllerreste und anderer Dreck säumten die Bürgersteige. Das einzig beachtliche Gebäude war das Postamt. Weder Krankenhaus noch Museum, die Grundschule in einer Art Container. Wind und tiefe Winterwolken hielten die Leute in ihren Häusern. Die Dämmerung ging schon am späten Mittag in Dunkelheit über, fast alle Straßen waren leer, in zwei hell erleuchteten Kneipen saßen ausschließlich Männer. Niemand hatte etwas von Hilde gehört. Wie sollte er bei über siebentausend Menschen weiterkommen? Da war das Dorf viel übersichtlicher, aber wo anfangen? Zudem sollte er sich um seine Tiere kümmern. Er hatte genug geschludert.

Trotzdem ließ ihn die Frage nicht los: Wer konnte Hilde versteckt haben?

Bipolarchen? In einer seiner durchgeknallten Phasen war der vor Jahren im Sommer in die Hauptstadt abgehauen und mit einer Tätowierung auf der Stirn zurückgekommen, ein grüner Drache, dessen Schweif sich bis über seinen Hals schlängelte. Im Winter jedoch war Bipolarchen ruhig, gab kaum ein Lebenszeichen von sich. Fragte man ihn etwas, antwortete er dermaßen wirr, dass niemand ihn verstand. Er wäre also gar nicht in der Lage, Hilde zu verstecken.

Heinrich, der arbeitslose Säufer? Er war Einsatzleiter der freiwilligen Feuerwehr und stets in Geldnot. Nachbar von Bipolarchen. Sie waren Freunde und stritten wie die Kesselflicker, beäugten einander misstrauisch. Einmal hatte Heinrich, sogar das wurde rumerzählt, an Bipolarchens Tür gepinkelt. Er trank allerdings ab spätestens vier Uhr nachmittags und lebte in nur einem Zimmer. Hilde wäre dort längst aufgeflogen.

Was war mit Dr. Kies? Interessanter Gedanke. Man sah ihn nie mit seiner Frau. Der Arzt schien sich für einen Künstler zu halten, plante eine große Ausstellung. Seine Frau malte auch, und das, so sagte man, behagte ihm gar nicht. Hatte er nicht am Silvesterabend geradezu überfallartig auf Hilde eingeredet? Wo konnte er sie versteckt halten? Sie war ja kein Hamster. Seine Frau hätte sie sofort entdeckt. Vielleicht hielt das Ehepaar Kies Hilde als Sexsklavin im Keller? Die Vorstellung gefiel ihm.

Branka? Auch sie hatte nach Hilde gesucht. Aber das konnte ein Ablenkungsmanöver gewesen sein. Die beiden hatten sich in den Wochen vor ihrem Verschwinden angefreundet. Wolfgang verdächtigte Branka schon lange, ihre Bilanzen zu fälschen. Es kamen kaum Gäste in den Goldenen Ochsen. Vielleicht vertickte sie Drogen. Oder es ging um Geldwäsche, was wusste er schon. Lange hatte er geglaubt, sie hätte ihren Mann umgebracht, den schönen Karl. Den Beweis musste er schuldig bleiben. Es gab in ihrer Kneipe wahrscheinlich viele Verstecke, aber warum sollte sie Hilde dort unterkommen lassen?

Vielleicht Röschen? Die Alte wohnte abgeschieden und ganz allein im Wald. Jeder wusste, sie lebte nur noch für die Rückkehr ihres Sohnes. Seit Kriegsende wartete sie auf ihn. Sparte sich jeden Pfennig vom Mund ab. Sie würde niemanden außer den ersehnten Heimkehrer bei sich willkommen heißen.

Warum nicht Leo, der kleine Panzer? Aber der war andauernd bekifft.

Nelli, seine Mutter, schon eher. Doch seit Pede, ihr älterer Sohn, gestorben war, versuchte sie, den jüngeren vor allem Unbill zu schützen. Sie hatte zu viel Angst.

Die Neuen, Florian und Amelie? Sie kamen ihm harmlos vor. Nicht nur, weil sie aus dem Westen zugezogen waren. Dass sie so wenig Interesse am Dorfleben zeigten, konnte eine Finte sein. Ihre Freundlichkeit wollte er nicht ernst nehmen, es gab keinen Grund dafür. Manchmal führten sie Gäste herum und zeigten stolz auf den Mühlenhof oder die Kirche, als wären sie hier groß geworden.

Oder Doris? Altes Mädchen. Nein, die ganze Kraft der Ortsvorsteherin ging für ihre Trauer um die DDR drauf.

Eisenalex? Es hieß, er gehe zum Scheißen in den Wald, könne weder lesen noch schreiben. Er bewohnte das halb verfallene Häuschen seiner toten Mutter. Suchte mit einem Metalldetektor nach Gold. Fotografierte komisches Zeug. War in das Rollschuhmädchen verliebt. Wer war das nicht? Aber Eisenalex hätte sich längst verraten, er war eine Quasselstrippe. Wenn der was erzählte, wirkte es, als hätte er den IQ einer Garnele.

Also doch Helen? Das Rollschuhmädchen blieb Wolfgangs heißeste Kandidatin. Sie lebte mit ihren Eltern im alten Pfarrhaus, das durch eine Mauer vor allen Blicken geschützt blieb. Ein Gerücht im Dorf besagte, sie übernachte in der Hundehütte. Von ihren Eltern bekam man kaum etwas mit. Das Dienstmädchen kaufte ein, die Putzfrau machte sauber, der Gärtner kümmerte sich um Grund und Boden. Allerdings war Helen die Woche über im Internat.

Bei der Schriftstellerin war Hilde zuletzt gesehen worden. Auch sie konnte er nicht richtig einschätzen. Bevor der Trommler aufgetaucht war, hatte sie oft bis frühmorgens laut klassische Musik gehört und damit das halbe Dorf gegen sich aufgebracht. Ab und an kam die Polizei, doch kaum war die abgezogen, knallte ihre Musik erneut wie eine schallende Ohrfeige durch die Nacht. Mit dem Trommler war der Rock 'n' Roll gekommen. Das war schon mal besser.

Der Trommler? Keine Ahnung.

Gabriela? Wollte sich einen Busen machen lassen. Dafür hatte sie das Dorf erst kürzlich verlassen. Wer weiß, ob die wiederkam.

Und die dicke Hubert passte durch keine Tür mehr.

Ihr Sohn Hans? Auch keine schlechte Idee. Aber der saß im Rollstuhl. Und es hieß, dass Hilde ihn nicht mochte.

Wer könnte sie versteckt haben? Oder war auch Hilde ermordet worden?

Herr Geist aus Weimar? Er hatte seinen Namen nicht umsonst.

Schlucki? Hauste als letzter Mensch noch im Plattenbau am Ende des Dorfs, Erdgeschoss links. Niemand hatte Kontakt zu ihm. An seinem Fenster klebte das ganze Jahr über ein Weihnachtsengel. Aber wie sein Name schon sagte, Schlucki soff sich den letzten Rest Leben aus dem Leib.

Das Rollschuhmädchen und Dr. Kies, die zwei erschienen Wolfgang besonders verdächtig. Und die Wessis, die so unschuldig taten, wollte er sich ohnehin noch einmal vornehmen.

Walter

Unser Bewegungsradius reicht nicht über die Grenzen des Dorfs hinaus. Das heißt: Ich komme hier nicht weg. Von wegen Himmel oder Hölle. Die Blicke der Nachbarn bleiben die Blicke der Nachbarn. Die meisten Toten sehen gewöhnlich aus, schleichen umher, die Zeit hängt wie Blei an ihnen, doch es gibt auch Albtraumgestalten: Frauen, die ihre Haut wie verbrannten Toast tragen, Männer, deren Hodensäcke bis zu den Knien hängen. Wirklich beeindruckt bin ich vom schönen Karl – doch davon später.

Mein erster Ausflug führt mich nach Hause. Wobei: *Nach Hause* ist eine zu ungenaue Bezeichnung. Stühle um den Küchentisch. Meine Lieblingstasse. Abgetretenes Linoleum. Im Schlafzimmer das durchgelegene Bett, auf der Matratze getrocknetes Blut, darüber sammelt sich Licht im Fenster, wie in einer Theaterkulisse. Hier geschah der Mord, schwer zu begreifen. Inzwischen weiß ich, dass man Hilde verdächtigt. Sie soll mir den Schädel gespalten haben, mit einem Beil. Warum, habe ich die anderen Toten gefragt, warum? Gab es einen Grund? Was habe ich ihr angetan? Ich soll in den letzten Wochen ein sanftes Lämmchen gewesen sein, davor fast lebenslang ein Tyrann. Ich könnte all das als dummes Gerede abtun, bliebe da nicht die bohrende Frage: Wer bin ich überhaupt?

In Filmen haben Tote kein Spiegelbild, ich aber erschrecke, als ich mich sehe. Fahlgrau, von Falten durchzogen mein Gesicht, ein tiefer Spalt im Schädel. In meinen Augen ein Blick, als wäre das Leben schon ewig vorbei gewesen. So also sehen mich die anderen hier. Habe ich auch zu Lebzeiten einen derart maroden Eindruck gemacht?

Kalte Stille im Sonnenlicht. Die Terrassentür ist eingetreten, eine Scheibe zersplittert, Krusten aus Vogelkot auf dem Fensterbrett. Das Grundstück ist der Natur überlassen. Der Kater von Bipolarchen sitzt im Garten, ich fahre ihm übers Fell, er bemerkt mich nicht. Doch dann ein Fauchen, und er springt davon. Schnee auf den Buchsbaumhecken. Im Frühjahr wird der Flieder wieder blühen, den Hilde gepflanzt hat.

Zurück bei den Toten frage ich Gerda Engel: Wie soll ich Chronist sein, wenn nichts mehr Bedeutung hat?

Berichte, was für dich wichtig ist, das ist deine Aufgabe, entgegnet sie.

Warum kommen wir hier nicht weg?

Wo willst du hin, fragt sie, es ist doch alles da, das Dorf, der Wald, unser Flüsschen, was willst du mehr? Ich kann mich nicht erinnern, dass du je Fernweh hattest. Nicht mal in die Stadt wolltest du fahren. Hilde wollte reisen, du warst dagegen.

Das Steinkind neben ihr tut, als würde es woanders hinschauen, aber ich spüre genau, es beobachtet mich. Gerda Engel zeigt auf mein Grab: Du hast einen guten Platz, sei zufrieden.

Was ist ein gutes oder schlechtes Grab? Es liegt in friedlicher Tristesse neben dem Ausgang. Eine einzelne weiße Rose, wie zum Rendezvous mitgebracht, aber längst verwelkt, liegt vor dem Grabstein, auf dem mein Name steht, Geburts- und Sterbetag, nichts weiter. Ich frage mich, wer mir die Rose geschenkt hat.

Wenn ich mit Gerda Engel über ihre Tochter reden will, winkt sie ab. Stattdessen empfiehlt sie mir, mich ganz auf meinen Bericht zu konzentrieren. Es werde mir den Übergang erleichtern. Das Grübeln über das *Warum* des Todes, das *Wieso ich*, könne man damit bannen.

Und dennoch: Warum hat mich Hilde zugedeckt, als wäre sie besorgt gewesen? Und welch finstere Verzweiflung muss sie getrieben haben, mich trotzdem zu erschlagen?

Herr Geist

Er bemerkte es nicht, dass man ihn übersah. Wenn er in seinem grauen Stoffmäntelchen die Straße entlanghuschte, grüßte niemand. Dass er ausgerechnet *Geist* hieß, dafür konnte er nichts. Er schien einfach nicht vorhanden zu sein. Dabei war in ihm alles in Aufruhr. Er gab täglich neue Nachrichten heraus. Das werde ich tun, sagte er, allein in seiner Küche. So viele Neuigkeiten heute Morgen, er kam gar nicht hinterher. Nein, nein, korrigierte er die Stimme in seinem Kopf. Da liegt die Sache ganz anders. Der Schuster in der Stadt hat längst dichtgemacht. Vor Jahren schon, wenn nicht Jahrzehnten. Er lief nervös umher, lauschte den Ausführungen, verneinte, bejahte, verbesserte, brachte seinen jeweiligen Gesprächspartner auf den neusten Stand: Die Katze wurde nicht erschlagen. Er horchte, ein besorgtes Zucken in seinem Gesicht, er sagte nachdrücklich: Nein. Er zündete den Gasherd an, setzte Wasser auf. Da bin ich mir ganz sicher, fuhr er fort, wir haben einen Kinderspielplatz im Dorf. Aber, gab er zu bedenken: keine Kinder. Er wurde einfach gebaut. Subventionen. Sie verstehen. Natürlich nicht, sagte er und wenig später: Ja, da haben Sie recht. Großes wurde auch geleistet, das will ich nicht abstreiten. Wer sprach da heute alles in seinem Kopf und stellte die Fragen? Nahm er einen falschen Zungenschlag wahr? Das liegt lange zurück, sagte er verärgert. Was meinen Sie, ob ich ein anderer geworden bin? Er lachte auf. Wie soll ein Mensch ein anderer werden? Da müsste ich noch einmal geboren sein. Er gab Kaffee in den Filter und ließ das heiße Wasser durchlaufen. Das wäre gut möglich, beantwortete er die nächste Frage, doch nach einigem Zögern: Nicht von heute auf morgen, es hat gedauert. Ich bin ja nicht taub, seine Stimme wurde höher. Darüber möchte ich nicht reden. Wie oft haben wir das schon durchgekaut: Ich habe meine Arbeit verloren, und dann hat sie mich verlassen. Er stöhnte auf: Ich war knapp fünfzig, drei Umschulungen, und trotzdem gab es keinen Job für mich. Was sagen Sie da? Das entspricht nicht den Tatsachen. Wen soll das überhaupt interessieren? Haben wir nicht andere Sorgen? Die Straße wird seit Wochen wieder ausgebessert. Was meinen Sie mit positiv? Tun Sie nicht so ahnungslos. Schon im Herbst werden wieder riesige Lkw-Konvois über unsere kleine Straße donnern und das reparierte Pflaster aufreißen. Darauf werde ich nicht eingehen. Ich bin nicht wütend. Die Biogasanlage kann mich mal. Die Laster werden in diesen Wochen unsere Luft verpesten. Er schüttelte den Kopf. Wir werden vier Wochen im Herbst die Fenster geschlossen halten müssen.

Natürlich werde ich weggehen, irgendwann, sagte er. Das Telefon klingelte.

Er nahm den Hörer ab, horchte und sagte: Ich komme vorbei. Die Neuen aus dem Westen gaben ihm einen guten Stundenlohn für anfallende Arbeiten. Er trank noch schnell seinen Kaffee und machte sich auf den Weg. Amelie, eine dünne Sommersprossige, öffnete ihm die Gartentür, begrüßte ihn, fragte, ob er Tee wolle, was er wie üblich verneinte. Er wusste, was zu tun war. Öfen für die Gäste heizen, Kaminholz bereitstellen, die Auffahrt vom Schnee befreien, bis die rötlichen Steine darunter sichtbar wurden. Während er in den Keller ging, sprach er nur noch lautlos weiter. Heute hatte sich wieder einmal der Boss von Florian angekündigt, und da sollte alles reibungslos ablaufen. Der Mann war nämlich merkwürdig. Auch er war noch jung, aber er musste sich großmachen, als hätte er Angst, unterschätzt zu werden. Gleich bei ihrem ersten Treffen hatte er eine ziemlich dumme Frage gestellt: Sie gehören sicher zum Inventar des Dorfes, oder? Und auf die Antwort überrascht gepfiffen: aus Weimar? Sie wissen schon, daneben liegt Buchenwald. Natürlich war ihm das klar gewesen, was für eine merkwürdige Feststellung, als würde er nicht genug daran denken. Wir hatten Dachau, und ohne Dachau und Buchenwald ständen wir jetzt nicht hier. Das sollte man schon wissen. Beinahe hätte er geantwortet: Jedem das Seine. Kleiner Scherz, hatte der Boss gesagt und gelacht. Kleiner Scherz? Er verstand gar nichts mehr. Sogar mit seinem dicken Bauch schien der Mann zu protzen, so kam es ihm jedenfalls vor – ein in feine Wolle gehüllter dicker Wanst, den er angestarrt hatte, als ihm dieser Mann einen Hunderteuroschein einfach so in die Hand drückte: Nehmen Sie schon, Herr Geist, der ist echt! Bevor er reagieren konnte, wurde ihm noch die Schulter getätschelt. Später hatte der Boss in der Küche wieder laut glucksend gelacht und gesungen: Herr Geist, Herr Geist, braucht immer Sekt auf Eis. Florian war zunächst in das Lachen eingefallen, kichernd hatten sich beide ausgemalt, ob er jetzt wohl glauben würde, dass er jeden Tag diese Summe bekäme. Letztlich hatte Florians Stimme jedoch einen anderen Tonfall angenommen, nachgiebiger, geheimnisvoll, als hätte er den Zeigefinger vor die Lippen gelegt: Lass mal, unser Herr Geist ist ein Original, so was gibt es nur hier, was wären wir ohne ihn. Er wusste nicht, was ihn mehr gedemütigt hatte, die Worte oder das Geld. Selbst die Stimme in seinem Kopf war einen Moment sprachlos gewesen. Geh da rein, sagte sie schließlich, knall ihm den Schein auf den Tisch. Das hatte er versucht, das Geld auf den Tisch gelegt. Aber Florian hatte den Schein genommen und ihm in die Manteltasche gesteckt. Sie haben das Geld verdient, Sie leisten gute Arbeit, waren seine Worte, auf die kein Tätscheln, sondern ein kurzer Schulterschlag folgte, und Herr Geist hatte in seinem zur Gewohnheit gewordenen Schweigen verharrt, ehe er gegangen war. Mit dem Geld. Er hatte erst in den folgenden Tagen bemerkt, wie schlecht er sich deswegen fühlte. Trotzdem, seine Arbeitgeber, das waren freundliche Leute. Er bekam von ihnen ein Zubrot zur spärlichen Rente. Und sie waren so rücksichtsvoll, ihn nicht als den zu sehen, der er war: ein Geist.

Walter

Die meisten Toten sind mir nur vom Hörensagen bekannt, wenn überhaupt. So wie der schöne Karl, Ehemann von Branka. Er folgt seiner Witwe auf Schritt und Tritt. Branka lebt seit Jahren allein. Es gab das Gerücht, dass ihr verschollen geglaubter Gatte eines Abends vor der Tür gestanden hatte und am nächsten Morgen tot war. Erzählt wurde, dass sie aus vollem Hals seinen Namen rief, als sie ihn sah. Wie eine Druckwelle rollte der Name durchs Dorf, und dann das Gewimmer und Geschrei bis zum Morgengrauen. Die Dorfbewohner bevorzugten die Variante vom Liebestod, und das könnte durchaus der Wahrheit entsprechen, denn der schöne Karl schleicht seiner Witwe mit erigiertem Penis hinterher und kaut verbissen an den Fingernägeln. Er ist schwer eifersüchtig.

Ganz schön was los hier, sage ich zu ihm und vermeide den Blick auf sein steifes Glied. Er ballt die Hände und fuchtelt mit den Fäusten vor meinem Gesicht herum. Ich versuche ihn zu beruhigen: Wir sind doch beide tot. Keiner kann sie mehr besteigen. Und als er nicht aufhören will, füge ich hinzu: Ich wollte es auch nie. Erst da lässt er die Fäuste sinken.

Wenn ich Luft hole, kommt es mir vor, als würde ich das Atmen zu Lebzeiten imitieren.

Daran gewöhnt man sich, sagt der schöne Karl, inzwischen besänftigt.

Was ist mit Gott, frage ich.

Der macht sich hier nicht die Hände schmutzig.

Das alte Spiel.

Der schöne Karl verzieht den Mund, ihm entweicht ein geisterhaftes Pfeifen. Sieh mal! Er zeigt zur Dorfstraße.

Ich sehe Hans im Rollstuhl vor dem Bäckermobil, die Frau von Dr. Kies steht neben ihm. Branka läuft in einem dicken Pelzmantel die Straße entlang.

Darunter ist sie nackt, seufzt der schöne Karl.

Das kann ich mir nicht vorstellen, doch ich halte den Mund.

Es ist ein winterlicher, klarer Februartag. Der Dorfteich ist mit einer Eisschicht überzogen, eine einzelne Ente am Schilfrand, wie angefroren. Die weißen Ackerflächen am Horizont sind durch den Kiefernwald begrenzt, schreiende Wildgänse am Himmel. Zum ersten Mal, so kommt es mir vor, sehe ich die Schönheit unseres Dorfs. Es liegt still da, als wäre es jemandem aus der Hand gefallen. Der schöne Karl hingegen kommt mir gar nicht schön vor. Ein figürliches Skelett, die Nase breit und aufgeworfen, schlechte Zähne. Keine Ahnung, was Branka an ihm fand. Was verstehe ich schon. Habe ich zu Lebzeiten je über Schönheit nachgedacht? Warum habe ich mich in Hilde verliebt, damals, vor so vielen Jahren? Wer war die Frau, mit der ich verheiratet gewesen bin?

Bald wird es Frühling, sagt der schöne Karl, dann trägt Branka Kleider. Sein Seufzen füllt die halbe Himmelsfläche aus.

Wer sind die anderen hier, versuche ich ihn abzulenken. Er blickt sich um, zeigt auf einen Jungen in zerrissener Uniform, er trägt Marschstiefel, und dort, wo sein linkes Auge war, klafft ein blutrotes Loch.

Das ist Norbert, der Sohn von Röschen.

Ich staune nicht schlecht. Es gibt ihn also wirklich. Er ist nie heimgekehrt, hieß es, und nie als gefallen gemeldet worden.

Er sitzt oft bei seiner Mutter rum, versucht verzweifelt, ihr nah zu sein, sagt der schöne Karl.

Wenn sie das nur wüsste.

Norbert schlendert zu uns. Ihr seid mir ein schönes Dorf, sagt er.

Was meinst du damit, frage ich.

Er sieht mich an: Nie habt ihr euch um meine Mutter gekümmert.

Aber das wollte sie doch gar nicht.

Woher willst du das wissen?

Ich zucke mit den Achseln, dann fällt mir ein: Deine Mutter war vor Monaten beim Arzt. Warst du zufällig dabei?

Natürlich habe ich sie begleitet.

Dann hast du auch mich gesehen, sage ich, und Hilde.

Ja, erwidert er.

Erinnerst du dich, was mit mir los war?

Klar, Gehirntumor.

Was für ein Gehirntumor, frage ich, obwohl mir in diesem Moment einiges klar wird.

Hilde war verzweifelt, fährt er fort, du hast dich durch die Krankheit verändert.

Wie denn?

Du warst nicht mehr wütend, sondern immerfort nett.

Das mögen die Frauen nicht, mischt sich der schöne Karl ein.

Ich weiß keine Antwort, bin für eine Weile sprachlos.

Gerda Engel schippt Schnee, und das Lithopädion wuselt zu ihren Füßen.

Das bleibt doch folgenlos, sage ich zu ihr. Es ist, als würdest du dir nur vorstellen, Schnee zu schippen.

Das nennt man Fantasie, antwortet sie.

Was ist mit Hilde, frage ich. Warum bin ich tot?

Finde es selbst heraus, sagt sie, beugt sich hinunter zu ihrem Steinkind und tätschelt es zärtlich.

Die dicke Hubert

Sie verließ das Haus nur bei Anbruch der Dunkelheit: kein Licht, das ihren Körper sichtbar machen sollte. Zu viel Masse für diese Welt. An guten Tagen fühlte sie sich wie ein Nilpferd. Dieses Tier war überwältigend und konnte sogar unter Wasser laufen. Die dicke Hubert sah an solchen Tagen zuerst ihre kleinen Füße, die schmalen Fesseln, sie konnte ihre Knöchel in Gänze umfassen oder sich drehen, durchaus graziös, als wäre sie eine Ballerina. Bis ihr die Luft ausging. An schlechten Tagen futterte sie sich durch Chipstüten, beobachtete die Ratten vor dem Haus und wollte mit ihnen tauschen.

Heute war ein guter Tag. Ein Tag wie ein heller Raum, die Fenster geöffnet, die Türen aus den Angeln gehoben und statt der Zimmerdecke ein blau leuchtender Himmel. Sie war mittags am Postkasten gewesen, in dem ein Brief gelegen hatte, der ausnahmsweise nicht vom Amt gekommen war. Sie hatte das Schreiben immer wieder gelesen und zuerst alles für Unsinn gehalten, was da stand, einen Scherz, aber ihre Ruhe war dahin. Es könnte doch sein, sagte sie sich, musste sie nicht die Möglichkeit in Betracht ziehen, dass es stimmte? Was, wenn der berühmte Regisseur wirklich das Leben ihres Großvaters verfilmen wollte? Das stand in dem Brief, und dass er sie und ihre Familie kennenlernen wolle. Die dicke Hubert kannte niemanden, der zu so einem Scherz fähig wäre. Hans hatte früher den Ohnmächtigen gespielt, um nicht in die Schule zu müssen, später klaute er die Kirchenglocke, die zwei Weltkriege überstanden hatte, und verscherbelte sie beim Alteisenhändler. Aber es käme ihm nicht in den Sinn, einen Brief zu fälschen. Und seit dem Unfall war dem Jungen das Scherzen sowieso vergangen. Auf dem Umschlag klebte eine amerikanische Marke, auch der Poststempel war nicht von hier. Die dicke Hubert hatte schon von vielem geträumt, von einem Sechser im Lotto, davon, einmal im Leben verruchte rote Schuhe zu tragen, einen Gazellentanz hinzulegen oder ohne Anstrengung abzunehmen. Aber das hier? Es schien so weit entfernt von all ihren Vorstellungen und doch viel näher. Es war real, sie hielt den Brief ja in der Hand. Doch was bedeutete ein solcher Besuch? Sie ging die Treppe zum Souterrain hinunter, auf dem Absatz standen leere Schnapsflaschen und Blumentöpfe mit verdorrten Pflanzen. Ein alltäglicher Anblick. Das Abbild ihres Lebens. Wie sollte sie an diesem Ort einen Gast empfangen? Der Gartenzaun endete am windschiefen Schuppen, die Fenster waren mit Pappe vernagelt, über die Müllsäcke hatte sich Hans am Neujahrstag erbrochen. Das Wohnhaus war winzig, der Putz bröckelte, drinnen und draußen brauchte es einen neuen Anstrich. Sie hatte nie den Wunsch gehabt, auszubrechen. Dorf und Haus gaben ihr den Herzschlag vor. Hier war sie aufgewachsen, hier hatte sie Hans geboren. Sie war Ende fünfzig, an guten Tagen ein Nilpferd. Eine fette Sau, sagte ihr Sohn. Seit dem Unfall war er ihr noch fremder geworden. Schon kurz nach seiner Geburt war ihr aufgefallen, dass andere Mütter sich zärtlicher verhielten, ihre Babys mit Kosenamen bedachten, während sie nur Erleichterung empfand, dass die Schmerzen endlich vorbei waren. Sie hatte sich so angestrengt, den Säugling zu lieben, hatte ihn sich an die Brust gelegt, sobald er einen Laut ausstieß. Später fütterte sie ihn mit Kuchen, bis er eines Tages japste, seine kleinen Fäuste erhob und brüllte. Die Verbindung zu Hans wuchs erst mit den Jahren, treffsicher fügten sie sich ihre Verletzungen zu, so entstand eine unglückselige Vertrautheit. Seit dem Unfall lebte er von seiner Invalidenrente, die für Pizza, Bier und Zigaretten draufging, am Monatsende pumpte er sie regelmäßig um ihre letzten paar Hartz-IV-Kröten an. Die dicke Hubert sah sich in der Fensterscheibe gespiegelt, das Kinn im Hals versunken, alt, fett und hässlich. Sie spürte ihr hungriges Herz, ging in die Küche, nahm eine Kirschtorte aus dem Eisfach, stellte sie in die Mikrowelle. Sie goss Cola ins Glas und einen Schuss Wodka dazu. Ihr Hochgefühl klang ab, sie wollte nicht schon früh am Tag trinken. Sie sah sich um, der Raum erschien ihr schäbig. An den Wänden stapelten sich Werbebroschüren und Pizzakartons, in der Spüle schmutzige Gläser, verklebte Teller, Zigarettenkippen. Die Mikrowelle piepte, sie holte die Torte heraus und begann, den warmen, süßen Teig zu löffeln. Wie sollte sie ihren Körper auf Vordermann bringen? Ein Wort, das Hans benutzte, wenn er sich bequemte, den Müll rauszuschaffen. Bring diesen Dreckstall endlich auf Vordermann, du fette Sau.

Es gab noch keinen Termin für die Begegnung mit dem Regisseur. Ihre Erleichterung wich der Einsicht, dass ein Termin nichts bedeutete; sie würde auch in einem Monat oder halben Jahr nicht schaffen, was sie ihr Leben lang versäumt hatte. Zu hinterfragen, was sie ausmachte außer ihrem Gewicht und der Freude am Essen. Sie trank die Cola in großen Schlucken, goss Wodka nach. Heute war es nicht der gähnende Schlund der Langeweile, der sie so früh zum Trinken verführte – es war die Hoffnung, dass sich etwas änderte, und die war noch schwerer auszuhalten. Sie musste Hans Bescheid sagen. Was hatten sie denn zu verlieren?

Es dämmerte schon, die ersten Ratten kamen aus ihren Löchern. Die Wanduhr zeigte vier Uhr an, am großen Zeiger hing ein Glück bringender Schornsteinfeger, ihm fehlte das linke Bein. Hans hatte es abgetrennt und, nachdem sie es wieder befestigt hatte, einfach weggefetzt. Sie öffnete den Kleiderschrank, es würde wieder Sommer werden, dachte sie, vielleicht ein guter Sommer. Obwohl sie schon als Kind ein Pummelchen mit Speckfalten über den Hüften gewesen war, hatte es eine Zeit der Kleider gegeben, und die meisten hingen noch in ihrem Schrank, aufgehoben für die Zeit, in der sie wieder schlank wäre.

Den nächsten Schluck Wodka nahm sie unverdünnt. Sie warf sich den alten Wollponcho über und ging hinaus in die Dunkelheit. Die Straßenlaterne war seit Wochen defekt. Den Brief hatte sie in der Tasche. Sie wusste, wo Hans zu finden war. Sie kämpfte sich durch die kalte Luft, bis es nur noch wenige Meter zum Goldenen Ochsen waren. Durch das Fenster sah sie ihren Sohn an der Theke stehen, als einzigen Gast, die Krücke daneben, er redete mit Branka. Als sie die Tür aufstieß, spürte sie den Alkohol, versuchte, sich gerade zu halten, blinzelte in den verqualmten Raum.

Mach zu, es zieht, rief Hans.

Sie schob sich keuchend durch die Tür.

Er sah sie an: Was 'n los? Und als sie nicht antwortete: Gab es einen Unfall, ist was passiert?

Ja, es ist was passiert, sagte sie und versuchte sich an Tischen und Stühlen vorbeizudrängen.

Kannst du mir später erzählen, sagte er und setzte das Gespräch mit Branka fort.

Aber es ist wichtig, sagte sie und heftete ein Lächeln an seinen Rücken.

Wichtig, wichtig, äffte er sie nach.

Sie spürte Panik, hielt sich an einer Tischkante fest, sagte: Wir haben doch nichts zu verlieren.

Hans betrachtete sie, als könnte er nur schwer fassen, was er da sah. Hast du getrunken? Nichts zu verlieren. Was soll der Scheiß?

Sie nickte seinem Doppelgänger im Spiegel hinter der Theke zu.

Mein Gott, sagte er, was willst du hier, Pferdescheiße fressen?

Sie begann, in ihrer Tasche nach dem Brief zu kramen.

Geh nach Hause, sagte Hans, wobei sein Blick an ihr abglitt.

Die dicke Hubert verspürte plötzlich einen unmäßigen Hunger und war erleichtert über das vertraute Gefühl. Die nächste Runde geht auf mich, sagte sie. Eine Weile war es still, und die Stille breitete sich in ihrem Mund, im Hals aus, ganz unten in der Kehle schmeckte sie noch etwas. Scham? Aber sie schämte sich nicht. Nicht heute, nicht hier. Sie ging an die Theke, ihr dröhnten die Ohren, sie hörte nicht, was Hans sagte. Was wissen wir schon voneinander, dachte sie. Wäre er genauso, wenn sie zu dünn wäre? Sie lachte kurz auf.

Von wegen nichts zu verlieren, du solltest eine Menge verlieren, sagte er, sogar dein Lachen ist fett.

Branka spülte ein Bierglas. Vielleicht solltest du gehen, sagte sie zu Hans.

Die dicke Hubert hörte ihr eigenes Keuchen. Weißt du, was mir heute durch den Kopf gegangen ist?

Er blieb stumm.

Es tut mir leid, dass ich dich nicht so lieben konnte, wie du es dir gewünscht hast. Ich meine es ernst, sagte sie, und zu Branka gewandt: einen Kurzen für mich.

Was soll dieser Anfall, fragte Hans. Du hast hier nichts zu suchen.

Ja, vielleicht, sagte sie, aber vielleicht auch nicht. Wusstest du, dass Nilpferde Pflanzenfresser sind? Nilpferde fressen keine Pferdescheiße.

Er schüttelte angewidert den Kopf.

Aber es kommt vor, dass sie Aas fressen, und wenn ihr Hunger überhandnimmt, fressen sie sogar Artgenossen. Du solltest dich also vorsehen. Die Dinge ändern sich.

Walter

Ich bin ein alter toter Mann. Erschlagen von der eigenen Frau. Inzwischen weiß ich: Gerda Engel war dabei, als Hilde mich erschlug. Nur das *Warum,* das sich eingenistet hat in mir, obwohl ich tot bin, will sie mir nicht beantworten.

Es gab so viele Gründe, sagt sie.

Viele Gründe, einen Menschen zu erschlagen, frage ich. Ich war also ein Tyrann und abgrundtief schlecht. Doch war ich nicht sanft die letzten Wochen? Vielleicht wollte sie mich ja auch erlösen? Kein Mord, sondern ein Akt der Barmherzigkeit?

Es wundert mich inzwischen, dass wir alle überhaupt so gesittet gelebt haben, erwidert sie.

Wo ist eigentlich dein Mann? Das habe ich dich nie gefragt. Hast du ihn auch erschlagen?

Gerda Engel lächelt und sagt: Vielleicht hätte ich es tun sollen.

Was für Abgründe, denke ich.

Die Sonne steht tief, es gewittert, hagelt, dann ist der

Himmel verhangen, doch es schlägt mir nicht aufs Gemüt. Wetterspektakel sind den Toten egal.

Branka, die noch sehr lebendig im Garten die Wäsche abnimmt, summt vor sich hin. Der schöne Karl hat sie im Blick: Liebt sie mich noch, fragt er laut und sorgenvoll. Ich komme nicht dazu, etwas zu erwidern, denn er reißt mich zur Seite und sagt: Oh Gott, nicht hinsehen, keinen Blickkontakt!

Ich sehe eine Frau, die erwartungsvoll auf uns zukommt. Ihre Augen sind von einem wässrigen Blau, das Gesicht kalkweiß, sie fixiert den schönen Karl kokett und begierig und schaut ihm dabei nicht ins Gesicht.

Lass uns verschwinden, sagt er.

Bleib stehen, Mann, schreit sie ihn an, kein Schwein denkt, dass ich sechzig bin. Ich geh für fünfzig durch. Verdammt, warum hat mir niemand Schminke zum Sterben ins Gesicht geschmiert. Bleib endlich stehen und sieh mich an!

Was ist denn mit der los, frage ich.

Die Verrückte hat noch Restalkohol, entgegnet der schöne Karl. Stockblau wollte sie das Spiegelbild des Mondes umarmen.

Wer ist das? Woher kommt sie?

Die war auf Durchreise. Hat niemanden sonst. Der schöne Karl tippt sich an die Stirn und verschwindet.

Diese Sitte ist mir schon aufgefallen: Man tippt sich an die Stirn, ist einfach nicht mehr da. Das Verschwinden ist allerdings nur im Umkreis des Dorfes möglich, hat mir Gerda Engel erklärt, und dass es dafür eine Anleitung braucht, zumindest beim ersten Mal.

Jeder hier hat seine einzigartige Geschichte, sagt sie, jetzt wieder neben mir stehend, und deutet auf einen Jungen in roter Badehose. Er ist aufgedunsen wie eine Wasserleiche, versucht, mit dem Lithopädion zu reden, pss, pss, macht er in Richtung Steinkind, doch es reagiert nicht. Ertrunken im See, sagt Gerda Engel, er hat keine Bleibe, niemand besucht ihn.

Was soll ich nur berichten, frage ich. Es kommt mir sinnlos vor. Ich fühle mich sanftmütig und kann mir, sosehr ich es auch versuche, gar nicht vorstellen, wütend zu sein. Habe ich deshalb vergessen müssen? War denn mein ganzes Leben freudlos und in Dunkelheit gehüllt?

Gerda Engel schweigt.

Und was ist, wenn Schlucki stirbt, frage ich.

Er wird aus seinem Delirium berichten. Es ist nicht wichtig, wer spricht.

Dann reden die Toten auf der ganzen Welt?

So ist es, bestätigt sie. Das ist, was von uns bleibt.

Unvorstellbar, sage ich und blicke hoch zum Himmel. Ein Universum voller Worte, Sprachen und Gestammel. Wie lange wird es dauern, bis dieser Kosmos erfüllt ist?

Dr. Kies

Freitag, später Nachmittag, es dämmerte bereits. Dr. Kies wusch sich die Hände und sah aus dem Fenster, verfolgte angeekelt, wie der Köter der Schriftstellerin einen Haufen mitten auf den Bürgersteig setzte und sie weiterging, ohne den Dreck zu entsorgen. Er musste sich zurückhalten, um nicht laut zu brüllen: Pack die Scheiße ein, du pyknisches Arschgesicht. Er dachte an den Silvesterabend, als die Schriftstellerin es nicht fertiggebracht hatte, ein Gespräch mit ihm zu führen. Sie hatte getrunken, geraucht, war von einem Gast zum nächsten gesprungen. Und dann ihr Freund: Die Frauen im Dorf waren verrückt nach ihm. Sogar Hilde hatte mit dem Typen getanzt. Wo mochte sie sein, fragte er sich, und warum hatte er nie gespürt, dass auch sie wütend war? Er wusste nicht, wann es mit seiner eigenen Wut angefangen hatte. Vor Jahren? Monaten? Wochen? Oder erst als Walter von Hilde erschlagen wurde? Hatte er nicht Walters Wut, seine cholerische, sauertöpfische Art zuvor mit Unverständnis betrachtet? War sie von Walter etwa auf ihn übergegangen?

Dr. Kies hörte die Schritte seiner Frau und wollte sich totstellen. Er konnte sie nicht mehr riechen, den Mief ihrer Haut so wenig wie den penetranten Fliederduft ihres Parfüms. Er liebte sie nicht mehr, auch da wusste er nicht, wann es angefangen hatte, dieses Nichtlieben. Auf dem Fensterbrett saß ein Vogel und starrte in seine Richtung. Er klopfte laut an die Scheibe. Branka überquerte die Straße und winkte ihm zu, dachte wohl, er hätte sie gemeint. Typischer Rundrücken der kinderlos Verbitterten, übertriebene Lordose der Lendenwirbel, demzufolge Flaschenbauch, schlaffes Bindegewebe – ein Graus, sie sich nackt vorzustellen. Er wollte nicht hier sein. Aber auch woanders wollte er nicht sein. Er wollte kein Mensch sein. Am liebsten wäre er ein Aggregatzustand. In seinem Kopf der malmende Lärm, als würde sich ein Mühlrad drehen. Schon wieder summte seine Frau vor sich hin, es klang wie ein Störgeräusch aus dem Radio. Er schloss die Praxistür hinter sich und ging ins Wohnzimmer. Entdeckte noch beim Hinsetzen die gerahmten Aquarelle an der Wand über dem Sofa. Er schloss die Augen, öffnete sie wieder, das, was er sah, konnte unmöglich wahr sein. Das Rad hinter seiner Stirn drehte sich schneller, er bekam kaum Luft.

Seit Wochen waren ihm seine Bilder nur so von der Hand gegangen, sie hingen im gesamten Haus, nur die Wand über dem Sofa hatte er frei gelassen. Ein wirklich bedeutsames Werk sollte dort hängen. Und nun war der Platz besetzt von ihren Aquarellen: kümmerliche Landschaften, mattierte Wolken, rosa verwischte Flecke, kein Schwarz, kein klarer Strich, nur ineinanderlaufende Emotionen. Er war erschöpft und sich trotzdem sicher, sie werde ihr neues Hobby nicht lange durchhalten. Ja, ein gewisses Talent für das Arrangieren von Blumen konnte man ihr nicht absprechen, er hatte sie vor Jahren dafür gelobt, und das war ihr zu Kopf gestiegen. Seitdem hatte sie einen Kunsthandwerkkurs besucht, sich mit Ohrringen und Halsketten behängt, zu singen angefangen. Ausgerechnet für die Rolle der Klytämnestra war sie in der Theatergruppe ausgewählt worden – nach dem vorhersehbaren Fiasko hatte sie einen Englisch-Sprachkurs besucht. Als sie vor Monaten mit den Wasserfarben begann, hatte er ihr Getusche noch belustigt aus der Ferne betrachtet. Doch seit Tagen war sie aufsässig, summte in seiner Gegenwart und verstummte selbst dann nicht, wenn er sie streng ansah. Sie war schnell alt geworden, es kam ihm vor, als hätte sie es darauf angelegt. Welke Haut, Tränensäcke, die Mundwinkel traurig, aber auch das war heute anders. Sie ging an ihm vorbei, mit luftigen Schritten, wie über dem Boden schwebend.

Ich wünschte, du hättest eingekauft, sagte er.

Sie streckte die Zunge heraus, blitzschnell, er war sich nicht sicher, ob es ihm galt. Er folgte ihr in die Küche, und sie öffnete den Kühlschrank. Sieh her, es ist Butter da, Käse, Quark, alles, was du brauchst.

Was wusste sie schon, was er brauchte, und ihre weit ausholende Geste, als hätte sie die ganze Welt im Kühlschrank untergebracht. Sie verließ neuerdings nachmittags das Haus, ohne ihm Mitteilung zu machen. Sollte er sie darauf ansprechen? Befremdlich fand er auch ihren neuen Hut. Sie schnitt einen Apfel in kleine Schnitze, ihr Mund bewegte sich wie der einer Feldmaus.

Heute ist mein Glückstag, sagte sie. Du wirst es nicht glauben, ich habe ein Bild verkauft.

Er sagte erst mal nichts.

Aus meiner blauen Reihe.

Periode heißt das. Er atmete laut aus.

Ich bin nicht Picasso. Aber so freu dich doch.

Was ist schon Freude, wollte er sagen. Wie viel, fragte er stattdessen.

Die Summe war groß genug, um ihn zu überraschen.

Du wolltest deine Bilder ja nie verkaufen, sagte sie.

Meinte sie wirklich, sich mit ihm vergleichen zu dürfen? Sie lebte seit Jahrzehnten von seinem Geld. Hatte kein einziges Kind großziehen müssen.

Bald beginne ich mit meiner weißen Reihe, sagte sie.

Weiß?

Oh ja. Es gibt so viele Arten von Weiß: Austernschalenweiß, Schwanenweiß, Seelenweiß.

Ich bevorzuge Seelenschwarz, sagte er.

Er war erleichtert, als es klingelte. Seine Frau ging zur Tür, sprach kurz, kam zurück und sagte: ein Notfall.

Dr. Kies nahm den Schweißgeruch wahr, bevor er den Warteraum betrat. Der junge Mann um die dreißig wurde im Dorf Eisenalex genannt – Dr. Kies hatte keine Ahnung, warum. Der Schwachkopf mit Haltungsschaden reckte ihm seinen blutverschmierten Fuß entgegen und versuchte zu erklären, was passiert war. Eine Gartenschere sei ihm aus ungefähr einem Meter Höhe auf den Fuß gefallen, das Blut habe nur so gespritzt.

Du solltest einen Chirurgen aufsuchen, sagte er.

Sein Patient schüttelte den Kopf.

Dr. Kies betrachtete die klaffende Wunde und machte sich an die Erstversorgung. Riss am linken Vorderfuß, etwa auf Höhe der Metatarsale, notierte er für sich im Kopf. Die letzte Tetanus, fragte er.

Jahre her, antwortete der junge Mann.

Dann frischen wir die Impfung auf. Er zeigte auf den Oberarm: Bitte frei machen!

Keine Spritze, erwiderte sein Patient und wich zurück.

Während er die Spritze trotzdem aufzog, überlegte er, warum er sich das antat. Was sah der Kerl in ihm? Einen Krösus? Ei-sen-alex, skandierte er für sich im Kopf.

Warum?

Der junge Mann sah ihn an. Warum was?

Warum nennen sie dich Eisenalex?

Ich will keine Spritze, ich möchte nur behandelt werden.

Dann geh zum nächsten Bereitschaftsdienst, antwortete Dr. Kies, ließ alles stehen und liegen und verschwand aus dem Raum.

Das nächste Mal lässt du ihn gar nicht erst rein, sagte

er zu seiner Frau, und als sie ihn verständnislos ansah: Schmeiß den Spinner raus!

Er hörte sie mit ihm sprechen, dann fiel die Tür laut krachend ins Schloss.

Was ist los mit dir, fragte sie, als sie zurückkam. Es war ein Notfall. Der Junge hatte Schmerzen.

Willst du meine Arbeit übernehmen, sagte er und musste an Hilde denken, die ihm die unliebsamen Patienten vom Hals gehalten hatte. Lass mich einfach in Ruhe, sagte er, und nun war er es, der die Tür hinter sich zuschlug.

Im Wohnzimmer stand er vor den Bildern seiner Frau. Schon ein kurzer Blick bestätigte ihm ihre völlige Talentlosigkeit. Er hörte sie aus dem Haus gehen. Das ist ein Albtraum, dachte er, was machte er hier überhaupt? Das Rad in seinem Kopf dröhnte. Am liebsten hätte er sich eine Feile in den Gehörgang gesteckt, so tief, bis es still war. Einen Moment lang kam es ihm vor, als ob sich auf den Bildern seiner Frau etwas bewegte, die mattierte Wolke schien ihm verrutscht, wenige Millimeter nur, aber dennoch verrutscht. Er holte ihre Aquarellfarben, rückte das Sofa zur Seite. Er wischte mit dem feuchten Lappen das Veilchenblau aus einem Bild, dünnte den Hintergrund aus, setzte winzige Schneehügel wie einen Klecks Kälte neben ihre Mohnblumen, malte Laub, den Kadaver einer Ratte. Den übrigen Bildern fügte er vor allem Schwarz hinzu und klare Striche. Mit der Präzision des Arztes verwandelte er ihre Bilder in eine dunkle Auferstehung. Er entledigte sich seines Hemdes, arbeitete mit nacktem Oberkörper weiter. Als er sein Werk betrachtete, meinte er deutlich zu erkennen: Durch seine Korrekturen hatte er den Bildern erst die Berechtigung gegeben, überhaupt an diesem Platz zu hängen.

Walter

Sie muss über alle Maßen anstrengend sein, diese Wut, schon das Zuschauen bereitet mir Mühe. Warum hat Dr. Kies die Bilder seiner Frau zerstört? Ich stand direkt daneben. Der Mensch verschleißt sich ja bei einer solchen Wut. Er ist doch ein gebildeter Mann, eine Autorität im Dorf. Gerade ich hätte ihn verstehen sollen, doch das konnte ich nicht.

Hier im Jenseits können wir uns bewegen, Dinge tragen, Schneeschippen, allerdings existieren die Tätigkeiten nur in unserer Vorstellung. Manche Tote ohne Heimstatt sind einfach da, reden mit keinem, beobachten nichts, andere kommen nie aus ihrer Kiste raus. Sie scheinen die Schnauze voll zu haben vom Tod. Es existieren mehr Tote als Lebende auf diesem Planeten.

Glücklich sind nur die Toten, höre ich jemanden sagen. So etwas kann nur denken, wer es nicht besser weiß. Die Neuen besuchen den Friedhof. Sie leben seit ungefähr drei Jahren im Herrenhaus. Ein junges Paar um die dreißig, zwei Kinder. Erbengeneration aus dem

Westen, nett und unverbindlich. Florian und Amelie. Sie haben das alte Herrenhaus mit historischen Baustoffen saniert und zur Einweihungsfeier selbst gekelterten Quittensaft ausgeschenkt. Sie werden von den anderen belächelt. Der junge Mann kocht und bastelt mit seinen Kindern. Hausmusik mit Freunden aus der Stadt. Er ist wohl Journalist, aber im Dorf wird nicht viel gelesen. Es gab Wetten, wie lange sie es hier aushalten würden. Hingehörigkeit, sagt die junge Frau, und sie spricht das Wort aus, als wäre es schicksalhaft. Ihr Mann nickt feierlich. Als sie den Friedhof verlassen, halten sie sich an den Händen.

Wie aus dem Nichts taucht der schöne Karl neben mir auf. Verdammt, wo will sie hin, sagt er und zeigt auf Branka, die in den Bus steigt. Sie hat sich aufgetakelt, was ist los? Seine Augen sind weit aufgerissen. Denkt sie gerade an mich, fragt er laut, und die Verrückte sogleich an seiner Seite: Kann ich dir behilflich sein?

Aber er hat nur Augen für Branka. Er verschlingt sie mit seinen Blicken, und sein Penis zeigt in ihre Richtung, als könnte der die Verbindung herstellen.

Wehe, sie liebt einen anderen! Ich kann es riechen, wenn sie es tut.

Kannst du nicht, sagt die Verrückte.

Wehe, wehe, wehe!

Was willst du dagegen tun, setzt sie nach und schaut den schönen Karl herausfordernd an.

Branka benimmt sich nicht anders als sonst, mische ich mich ein. Aber so viel habe ich begriffen: Riechen, schmecken oder gar essen und trinken, das können Tote nicht. Sie werden bei Regen auch nicht nass oder frieren.

Ein erster Kuss, und es wird Liebe, beginnt die Verrückte zu trällern.

Der schöne Karl schnaubt verächtlich und tippt sich an die Stirn.

Immer haut er einfach ab, mault die Verrückte.

Seit einigen Tagen erscheinen mehr Besucher auf dem Friedhof, sie kommen mit Blumen, fegen das Herbstlaub, befreien die Gräber vom Unkraut. Einige von uns zeigen deutliche Anzeichen von Stress. Es sind mehr Tote als üblich draußen. Manche der Angehörigen versuchen, Zwiesprache mit ihren Toten zu halten oder ihre Sorgen und Wünsche mit ihnen zu teilen. Da kann es schon mal kompliziert werden. Die Ortsvorsteherin hockt vor dem Grab ihres Mannes, und ihr Flüstern hat etwas Anklagendes, aber er sieht nur missmutig vor sich hin, wie schon zu Lebzeiten. Pede hingegen, der ältere Panzer-Sohn und zehnjährig verstorben, lehnt schläfrig neben seiner Mutter auf der Bank. Warum hast du mich verlassen, sagt sie schluchzend, ich höre deine Stimme jede Nacht. Ein Eichhörnchen flitzt vorbei, und sie stößt einen erbarmungswürdigen Seufzer aus, als wäre es ihr Sohn, der da blitzschnell den Baum erklimmt. Pede ist an einer Blinddarmoperation verstorben, nicht mehr aus der Narkose erwacht. Was seine Mutter nicht weiß, sich hier aber längst herumgesprochen hat: Er hatte gar keine Blinddarmentzündung. Es gab eine Wette zwischen Leo und ihm. Pede behauptete, er könne die Schmerzen so überzeugend vortäuschen, dass er ins Krankenhaus käme, und die Mathearbeit würde damit ausfallen. Es war diese Wette, die ihm den Tod brachte. Wir alle sind fassungslos angesichts dieser Dummheit. Zudem war Pede älter als Leo. Aber er will nicht darüber reden.

Ganz schön was los hier, sagt Gerda Engel.

Mein Grab besucht niemand. Hilde hat es ausgewählt und schon im Voraus bezahlt. Die Unterlagen habe ich bei der Ortsvorsteherin eingesehen. Jeder Aktenschrank ist uns Toten frei zugänglich. So habe ich inzwischen bei Dr. Kies meine Krankenakte gelesen, doch die medizinischen Begriffe sagen mir nichts. Wochen vor meinem Tod die Tumordiagnose. Deswegen scheint meine Erinnerung auf diese friedliche und sanfte Zeit beschränkt. Wenn ich nur wüsste, wie sich Wut anfühlt. Ich stelle mir vor, es wäre ein rasender roter Kern in mir, wie Lava in einem Vulkan. Aber es ist nur eine Idee, ein Phantasma. Ab und an spüre ich ein Brausen in der Luft, das Beil direkt über meinem Schädel, dann: Ende. Ich habe ins Gras gebissen, den Löffel abgegeben, die Hufe hochgeklappt. Mein Grabplatz ist nur für eine Person eingerichtet, und Hilde, wo immer sie sein mag, wird mir nicht folgen.

Die weiße Rose auf meinem Grab stammt von der Schriftstellerin, heißt es, aber niemand weiß, warum.

Branka

Sie hatte ihren Schwiegervater seit Karls Beerdigung nicht mehr gesehen; es war Jahre her. Anderthalb Stunden war sie nun mit dem Bus unterwegs, um ihm entgegenzufahren. Er habe keinen Orientierungssinn, hatte er ihr am Telefon gesagt. Er werde den Weg zu ihr allein nicht finden, müsse sie aber dennoch besuchen. Der Treffpunkt ein ihr unbekanntes Kaff. Sonntagmittag, die Straßen wie ausgestorben, nur vor dem Dönerladen am Bahnhof standen junge Männer und rauchten. Die Bahnhofsuhr zeigte noch die Sommerzeit an, ein Uhr mittags, also eine Stunde später; da stand sie und wartete, bis ein weißer Mercedes neben ihr hielt und die Scheibe herunterging. Steig ein, sagte der Mann im Auto. Sie setzte sich neben ihn, und er fuhr los. Da bist du ja endlich, begrüßte er sie, als hätten sie sich erst gestern verabschiedet.

Schön, dich zu sehen, sagte sie.

Ein schöner Frühling, sagte er, Märzenbecher –

Und Krokusse, fiel sie ihm ins Wort. Warum wolltest du mich sehen?

Sein Gesichtsausdruck überraschte sie, er wirkte ratlos.

Wie geht es dir, fragte Branka.

Spinalnerv, blöde Sache.

Was ist damit?

Er runzelte die Stirn und seufzte. Entzündet, eingeklemmt, weiß der Kuckuck was für 'n Scheiß. Dürfte gar nicht im Auto sitzen.

Hast du einen guten Arzt?

Ärzte! Er winkte ab. Hör mir damit auf. Ich gehe nur noch in die Notaufnahme.

Warum?

Da müssen sie mich auch ohne Termin behandeln. Du hast keine Ahnung, was da los ist. Ein Krankenpfleger hat es sogar fertiggebracht, mich wieder wegzuschicken. Total verblödeter Armleuchter.

Branka machte ein Geräusch, als wollte sie etwas weglachen. Sie hatte ihren Schwiegervater nicht so alt in Erinnerung gehabt und auch nicht so wütend. Er starrte durch die Windschutzscheibe und fluchte: Jeder Autofahrer unter eins siebzig gehört erschossen, überhaupt alle kleinen Menschen am Steuer, auch Brillos, Frauen und alte Männer mit Hut. Offenbar wurde ihm durch das Fluchen wohler, denn irgendwann räusperte er sich und lächelte ihr zu.

Ihr Schwiegervater kam aus Hamburg. Sein Vater sei geizig, hatte ihr Karl gesagt, er horte sein Geld. Er besaß eine große Gärtnerei, die mit ihren Pflanzen inzwischen auch online handelte.

Als sie vor Brankas Haus hielten, fühlte sie sich

geschwächt und ausgelaugt von dem Altmännergemecker. Ihr Schwiegervater gab nicht einmal vor, das Haus näher in Augenschein nehmen zu wollen. Er trank seinen Kaffee schnell, vermisste einen Wachhund und verzichtete auf den Besuch am Grab seines Sohnes. Du pflegst es sicher gut, sagte er, da war er bereits im Gehen.

Als er sich verabschiedet hatte, stellte sie das Radio an, dann wieder aus, ließ sich aufs Sofa fallen. Sie hatte keine Ahnung, was der Besuch bedeuten sollte. Eine Welle der Trostlosigkeit riss an ihr. Branka sah sich in diesem Raum, als wäre sie eine Pappfigur. Ihr fiel auf, dass sie lange nicht an Karl gedacht hatte. Er hatte die gleiche lärmende Art wie sein Vater. War es sein Glück oder ihres, dass er so früh verstorben war? Sie erinnerte sich an ihre letzte Begegnung. Karl war nach neun Jahren aus dem Gefängnis entlassen worden – schwerer Raubüberfall – und stand plötzlich vor ihrer Tür. Sie musste schreien, hatte das Gefühl, einem Fremden gegenüberzustehen, einem Fremden, der sofort und wie selbstverständlich seinen Platz beanspruchte.

Wie hast du mich gefunden, war ihre erste Frage gewesen. Karl hatte ihr seine gewölbten Handflächen gezeigt: Da sitzt du drin. Sie wusste bis heute nicht, warum diese Geste sie treffsicher schwach gemacht hatte. Es folgte der Rundgang durch die Kneipe, und er, ganz der Alte, überhäufte sie sogleich mit seinen Ideen, fegte ihre Einwände beiseite, und dann sein ganz großer Einfall: das gewisse Etablissement. Eins hat mich der Knast gelehrt, man muss die Dinger ganz groß aufziehen. Wir schaffen das, sagte er und stellte Branka ihr zukünftiges Leben so schillernd dar, dass sie für einen Augenblick daran glaubte. Wo bleibt der Champagner, rief er, lass uns feiern! Drei Flaschen Sekt später lag er auf ihr und schrie: Himmel noch mal, was für ein Leben! Er umklammerte Branka, stieß einen Seufzer aus und starb. Er hatte ein zu großes Herz, ergab die Obduktion, viel zu groß für seinen Körper.

Der Tonfall ihres Schwiegervaters war dem von Karl ähnlich, auch der Spuckerest im Mundwinkel, den beide nie wegwischten. Ihr war, als würde sie zum ersten Mal die Demütigungen spüren, all den Spott, dem sie sich ausgesetzt gesehen hatte, die Schläge. Aber auch das Gefühl von Macht wurde ihr bewusst, das sie damals empfunden hatte, wenn sich Karl heulend bei ihr entschuldigte. Er war besonders aufmerksam und voller Reue, wenn er sie geschlagen hatte. Dann fühlte sie sich begehrt, ein begehrtes Opfer. Sie hatte geglaubt, dass wenigstens das Leiden einen Wert in ihrem Leben darstellte. Wie oft hatte sie sich die Frage gestellt, was sie noch erwartete. Eine Zeit lang hatte sie sich mit Hilde lebendig gefühlt. Sie war Branka eine Freundin geworden in den Wochen vor ihrem Verschwinden, sie hatten Sorgen, Hoffnungen und Geheimnisse geteilt. Also auf ewig hierbleiben, die Kneipe führen, Heinrich und Hans bewirten und ein paar Säufer aus den Nachbardörfern? Jeden Abend das gleiche Spektakel: ab dem dritten Schnaps Geläster über die Ortsvorsteherin, und der vierte galt dem Mühlenhof: Die nehmen doch Drogen! Später beschwor Heinrich seine Zeit bei der Armee: Unglaublich, was für ein Kerl ich damals war.

Ab Mitternacht dann allgemeines Geschimpfe über Ungerechtigkeiten, den Niedergang und so weiter.

Sie trat vor die Tür, atmete tief durch, summte die Melodie eines jugoslawischen Kinderlieds. Tränen stiegen ihr auf, die ersten seit dem Tod von Karl. Sie hatte gelacht, jahrelang, die Grobheiten und Demütigungen weggelacht. Niemand wusste, warum ihr Lachen so laut und manchmal auch wehmütig war. Sogar eine Geldstrafe war ihr deshalb angedroht worden. Ihr Nachbar, Bipolarchen, hatte sich beschwert. Er könne nicht schlafen, außerdem klinge ihr Lachen obszön und verletze seine Gefühle. Sie hatte auf keins der amtlichen Schreiben wegen Ruhestörung reagiert. Es hieß darin, sie dürfe sonntags ab zehn Uhr abends nicht mehr laut lachen. Aber um sich selbst weinen, dachte Branka, was für ein schöner Gedanke.

Walter

Noch ist alles neu für mich, und manchmal vergesse ich die drängenden Fragen. Schon deshalb wünsche ich mir meine Wut zurück, ich will wissen, wer ich war.

Du hast alle Zeit der Welt, wiederholt sich Gerda Engel, und zeigt auf den schönen Karl: Oder willst du so enden wie er?

Was ist nur los mit ihr, stöhnt der verzweifelt. Branka hat sich verändert seit der Begegnung mit meinem Alten.

Ihr Lachen hat aufgehört, sage ich.

Du hast recht, erwidert er verblüfft, ist mir gar nicht aufgefallen.

Ich habe sie zum ersten Mal weinen sehen, sage ich.

Der schöne Karl furzt mit den Lippen. Ist das ein gutes oder schlechtes Zeichen? Sie weint um mich, sagt er nach einer Weile, es kann gar nicht anders sein. Dann fällt ihm ein, was ihn noch mehr beunruhigt: Seine Witwe hat ihn nicht besucht. Sonst war sie jedes Frühjahr gekommen, hatte die Rosen beschnitten und sein Grab gepflegt. Branka, ruft er und sieht gehetzt aus.

Obwohl niemand von uns die Wärme spürt, liegt eine Trägheit in der Luft. Gerda Engel wiederholt beharrlich ihre sinnlosen Tätigkeiten. Das Steinkind kann inzwischen sprechen, wenn auch nur ein Wort: Aua.

Was heißt Aua, frage ich und sehe in seine schlickfarbenen Augen.

Das Steinkind umklammert die Knöchel von Gerda Engel, macht nur noch ploppende Geräusche. Ganz die Mutter, denke ich, geübt im Taubstellen.

Der Junge mit der Badehose lehnt an einem Baum, aus dessen Ästen Blüten treiben, singt leise vor sich hin. Ein Windstoß lässt die Zweige zittern, und das Lied des Jungen wird lauter, beseelter.

Inzwischen hat sich ein kleiner Kreis von Toten herausgebildet, mit denen ich bekannt bin. Ein paar von uns gehen durchs Dorf und sehen Wolfgang mit einem Körbchen voller Erdbeeren am Zaun der Neuen stehen. Er ist wieder mal auf der Pirsch, denke ich, irgendetwas scheint ihn zu beschäftigen.

Ein Mädchen, vielleicht fünf, und ein Junge, etwas jünger, liegen mit geschlossenen Augen auf der Wiese und rühren sich nicht.

Es ist so schön, tot zu sein, ruft der Junge, ich muss nie mehr Hausaufgaben machen und kann wie ein Vogel fliegen.

Das Mädchen sagt: Ich habe lange Engelslocken und fliege nur mit meinen Haaren.

Das klappt nicht, erwidert der Junge, Locken sind keine Flügel.

Wenn man tot ist, geht alles, sagt das Mädchen.

Wir sehen uns an und lächeln.

Wolfgang ruft die Kinder und übergibt ihnen die Erdbeeren.

Es ist der heißeste Mai seit Beginn der Wetteraufzeichnungen, hören wir Amelie im Garten sagen. Die Worte sind an ihren Mann gerichtet, der am Tisch sitzt und Kartoffeln schält.

Ja, entgegnet Florian, es wird schlimmer, die Zeitungen sind voll davon. Die Erdbeeren bitte waschen, ruft er seinen Kindern zu.

Und die Hände auch, sagt Amelie.

Was für saubere Kinder. Norbert lacht auf, kurz und bitter. Er ist selbst nicht älter als fünfzehn, dürr und zäh, seine leere Augenhöhle verdreckt, und sehnsuchtsvoll bis in die hohlen Wangenknochen. Meine Mutter wartet auf mich, sagt er, was ich ihm bestätigen kann. Norbert erzählt seine Geschichte. Er ist Anfang 45 eingezogen worden. Was keiner der Dorfbewohner wusste: Um nicht als Kanonenfutter zu enden, desertierte er, schlug sich auf einem langen Fußmarsch in Richtung Heimat durch. Kurz vor dem Ziel wurde er erschossen. Seine Leiche wurde nie entdeckt, ist irgendwo im Wald vermodert. Er ist ein Grabloser, hockt ohnehin nur bei seiner Mutter. Er hat ständig verrückte Pläne, um ihr nah zu sein. Ich glaube, er könnte mir behilflich sein bei meiner Suche nach Hilde. Seine letzte Idee, die er sich in den Kopf gesetzt hat: Er will riechen lernen. Ihr müsst wissen, sagt er, der Geruchssinn macht das Leben aus, vom ersten Atemzug bis zum letzten Seufzer. Er läuft aufgeregt hin und her, während er versucht, uns die Entstehung und Zusammensetzung verwirrender Düfte zu erklären, um dann auf den komplexen Sinnesapparat hoch entwickelter Säugetiere zu kommen.

Die Verrückte unterbricht seinen Vortrag: Tote können nicht riechen.

Norbert sieht sie an: Es gibt keine Grenzen.

Das Gesicht der Verrückten strahlt vor Ignoranz: aber Gesetze.

Sie wird mich an meinem Geruch erkennen, entgegnet er.

Wozu erkennen, fragt die Verrückte, was hast du davon?

Was mich mehr interessiert als das *Warum*: Woher weiß Norbert das alles? Sein Vortrag wirkt professionell, als wäre das schon immer sein Thema gewesen.

Norbert ist nicht der Einzige, der sich bildet, mischt sich Dr. Freud ein, der tänzelnd zu uns tritt. Er hat seinen Namen von den Toten erhalten. Dr. Freud ähnelt einem alten Ziegenbock, Spitzbart, die Pupillen grüngelb, fast strichförmig. Er betont, dass wir, die Toten, Bücher lesen können, im Internet stöbern, alles benutzen, was den Lebenden zur Verfügung steht. Wir müssen uns nur vorstellen, es zu tun, und schon geschieht es.

Warum sehe ich so wenige, die ihre Totenzeit mit diesen Dingen verbringen, frage ich.

Als Toter machst du alles nur für dich, es gibt keinen Erfolg für Künstler oder Wissenschaftler, keine Währung für Aufmerksamkeit, sagt Dr. Freud.

Hört, hört, sagt die Verrückte.

Sie waren früher Psychiater, frage ich.

Früher, sagt er, was für ein seltsames Wort.

Wir sehen zu den Kindern im Garten hinüber und hören das Mädchen sagen: Früher hast du gewartet, bis ich eingeschlafen bin.

Früher, antwortet der Junge.

Wolfgang läuft die Dorfstraße entlang, ich folge ihm in sein Haus, das ich noch nie betreten habe. Er geht ruhelos durch die Zimmer, in der Küche räumt er Geschirr in den Schrank, knackt Walnüsse und schreibt, während er kaut, etwas auf ein Blatt. Seine Schrift ist krakelig, winzig, kaum lesbar. Auf dem Tisch liegen Hefte, vollgeschriebene Zettel, verschrumpelte Äpfel. Überhaupt sind es die Räume eines Junggesellen; neben dem Ofen in der Küche liegt morsches Holz, auf dem Fensterbrett vertrocknete Käfer und Fliegen, Haare im Waschbecken, dicker Staub umhüllt die Lampenschirme. Er war wohl als junger Mann einmal verheiratet, seitdem lebt er allein. In seinem Regal stehen neben diversen Aktenordnern drei Bücher: *Die Macht der Liebe*, *Frauen brauchen Männer* und *Fraueneroberung – leicht gemacht*. Scheinbar haben sie ihm nicht geholfen, denke ich und höre Wolfgang vor sich hin murmeln. Eine Hummel stößt von draußen ans Fenster, er schaut kurz hoch. Ich öffne einen Aktenordner, auf dem *Hilde* steht, sehe ihr Foto, versuche, die spärlichen Notizen zu lesen, die er zusammengetragen hat. Ich erfahre nichts Neues, wundere mich nur, dass er es für wichtig hält, ihren Sprachkurs in der Stadt zu erwähnen. Auf dem Foto ist sie mit rußverschmiertem Gesicht zu sehen, und wieder quält mich die Frage nach ihrem Motiv. Hat sie mich gehasst, geliebt? Ich bin froh, in Wolfgang einen Komplizen bei der Suche gefunden zu haben.

Röschen

Die alte Frau war mit ihren siebenundneunzig Jahren, von schlechten Zähnen und arthritischen Fingern abgesehen, gut beieinander. Es war früher Abend, und sie trug schon ihr Nachthemd und trank den Schlaftee. Die Müdigkeit war anders als noch vor Jahren. Auch deshalb hatte Röschen ihre Kartenleserin endgültig verabschiedet. Sie brauchte keine Vorhersagen mehr. Vorhersagen wie: Ihr Sohn lebt, er hat Sie nicht vergessen, er kommt nach Hause. Sie war der Hoffnung überdrüssig. Über die Jahre hatte sie von geheimen Lagern erfahren, aus denen die Gefangenen nicht schreiben durften, von Geflohenen, die erst nach Jahrzehnten über China ihre Heimat erreichten, von Soldaten, die von Geheimdiensten gezwungen wurden, unter anderem Namen zu leben. Jedes Geldstück hatte sie für Norbert gespart, sogar die Reparaturen am Haus aufgeschoben. Zahlreiche Antworten auf ihre Briefe an das Rote Kreuz waren in Kisten verstaut. Irgendwann kamen keine Antworten mehr. Sie hatte nur noch die Erinnerungen an ihren Sohn, auch die begannen zu verblassen.

Norbert konnte Forellen mit der Hand fangen. Er stand stundenlang am Bach, bis er einen Fisch aus dem Wasser riss und triumphierend in die Höhe reckte. Der Bach konnte zu Regenzeiten ein reißendes Gewässer werden. Norbert war auch geschickt im Taubenschießen. Er kaute, ohne mit der Wimper zu zucken, an frischem Meerrettich. Er wäre gern Bauer geworden. Röschen wusste nicht, ob er schon ein Mädchen geküsst hatte. Sie hatte Norbert spät bekommen, gezeugt von ihrem Mann an einem frühen Morgen vor der Arbeit im Stall. Als ihr Mann, kaputt gearbeitet, im neunten Monat verstarb, war Röschen ihre Schwangerschaft wie ein Wunder erschienen.

Sie sah aus dem Fenster: Die Kiefern und Fichten standen dunkel und dicht neben dem Stall. Dort gab es längst keine Schweine mehr. Die andere Müdigkeit saß ihr wie ein dunkles Tier im Nacken. Die Hoffnung war ein störrischer Schmerz gewesen, durch den sie sich lebendig gefühlt hatte. Sie legte sich ins Bett, das Gesicht zur Decke gewandt, hörte die Siebenschläfer und Marder im Gebälk. Unterm Dachfirst die Fledermäuse. Sie hatte sich an die Geräusche gewöhnt, das Meckern, Fauchen und Knurren. Nie stellte sie Fallen auf oder verstopfte die Zugangslöcher. Sie wälzte sich unruhig im Bett, setzte sich noch einmal auf, trat zum Fenster, zog die Gardine beiseite und sah die Sterne. Vielleicht war ihr Sohn dort oben und wachte über sie, vielleicht gab es im Jenseits einen zweiten Ort wie diesen. Vielleicht hatte der Tod vergessen, sie zu holen.

Walter

Ein Froschkonzert schallt vom Dorfteich zu uns herüber. Ein leichtes Lüftchen geht. Alles beginnt mit Luft, sagt Norbert, der uns mit seiner fixen Idee vom Riechen nicht mehr von den Fersen weicht. Er verbringt weniger Zeit bei seiner Mutter, weil er die Fachliteratur im Internet studiert. Er sagt: Mit dem ersten Schrei nehmen wir Luft zu uns, und es ist ein letzter Atemzug, bevor wir sterben.

Das ist nicht von der Hand zu weisen, sagt Dr. Freud.

Norbert doziert weiter: Die Nase steht dem Gehirn am nächsten, das Riechen ist der Ursprung aller Gefühle.

Wisst ihr noch, ruft die Verrückte, morgens beim Bäcker, wie die frischen Brötchen geduftet haben?

Und mein selbst gebackener Quarkkuchen, sagt Gerda Engel.

Durch die Gerüche erinnern wir uns, sagt Dr. Freud.

Salzige Meeresluft, sagt der Junge in der Badehose.

Duosan Rapid, wirft Pede ein.

Ich habe hier alles, was ich brauche, sagt Gerda Engel. Ich muss nicht zurück, um an dem alten Klebstoff zu schnüffeln. Aua, ploppt sogleich ihr Steinkind, und sie fährt ihm liebevoll über den zerbeulten Kopf.

Branka, schreit der schöne Karl, ich will dich riechen.

Er ist ziemlich durch den Wind. Sein beständiges Wehklagen geht uns auf die Nerven. Er steht täglich bei seiner Witwe in der Kneipe und streichelt ihr Gesicht, man sieht ihm an, wie unbedingt er will, dass sie seine Küsse erwidert. Während Branka hinter dem Tresen das Bier ausschenkt, presst er seine Lippen vehement auf ihre; würde sie auch nur etwas von seinen Küssen spüren, die uns mehr wie Bisse vorkommen, eine Ohrfeige wäre ihm sicher. Doch sie bemerkt nichts. Nirgendwo blitzt ein Erkennen auf, sie bedient ihre Gäste, unterhält sich, gähnt.

Ich bin noch nicht lange ein Toter. Vieles ist mir unbegreiflich. Doch unser Nachtprogramm möchte ich schon jetzt nicht mehr missen. Wir können die Träume der Lebenden sehen, wenn sie schlafen. Es ist eine Art Kino, und die Filme, die sich im Kopf der Schlafenden abspielen, erscheinen mir interessanter als jedes Fernsehprogramm. Manchmal läuft großes Kino, dann wieder gibt es Verfolgungen wie im Trickfilm, es wird viel gerannt, Blitze entladen sich in schreienden Fratzen, es gibt jede Menge Grusel. Wolfgang träumt oft vom Putzen, was mir logisch erscheint, sieht man sich die Ställe an, die Tiere stehen oft tagelang in ihrer Scheiße. Dann wieder rennt er Zügen hinterher, die er knapp erwischt, es ist immer der falsche Zug, er steht auf verlassenen

Bahnhöfen und weiß nicht, wohin. Einmal verspeiste er eine Glasscherbe wie ein Knäckebrot. Leider tauchte Hilde bisher nicht in seinen Träumen auf. Branka träumt von Männern, die sie beschimpfen, demütigen, vergewaltigen. Sie weint dabei. Es ist schlimm, sich das anzusehen. Komischerweise ist der schöne Karl nie an ihrem Bett zu finden, er sagt, Träume sind Schäume. Florian hat ständig Prüfungsangst, er fällt in seinen Träumen durchs Abitur. So lernen wir auch den Vater kennen, jedenfalls halten wir ihn dafür, er bat ihn um eine Lüge, und Florian unterschrieb eine falsche eidesstattliche Erklärung. Seine Frau, Amelie, ein hübscher Hungerhaken, trägt in ihren Träumen weiße Kleider und hat eine merkwürdige Art zu fliegen: Sie springt von Hochhäusern und wuchtet sich während des Fallens mit den Armen flügelschlagend nach oben, das kommt uns sehr anstrengend vor. Wir erfahren zudem, dass Dr. Kies das Rollschuhmädchen begehrt oder in sie verliebt ist, keine Ahnung, was genau. Helen flitzt ständig durch seine Träume, und einmal bekam er sie zu fassen: Sie machte Kopfstand, das Kleid fiel über ihr Gesicht, und da war sie nur mit ihrem Höschen. Unser guter Doktor küsste ihren Bauchnabel und bekam eine Erektion im Schlaf. Helen selbst verbringt die Nächte meist traumlos neben Kümmel, dem alten Wolfshund.

Das Konzert der Frösche ist heute besonders laut. Wir hören Pede trotzdem rufen. Er steht neben seinem schlafenden Bruder und ist ziemlich aufgebracht. Keine Spur seiner Narkoseträgheit. Er zeigt auf den Traum von Leo. Wen seht ihr da?

Dich, antwortet die Verrückte.

In dem Traum hockt Pede auf einem Baum und bewirft seinen Bruder mit Nüssen. Den Walnussbaum kennt jeder im Dorf, er stand auf dem Mühlenhof, mit ausladender, mächtiger Krone. Ein Blitz hatte ihn gespalten, jetzt ist da nur noch ein trauriger Stumpf, überzogen mit schwarzgrauer Borke. Doch in diesem Traum befindet sich der Baum in einer verwüsteten, kahlen Landschaft. Während Pede die Nüsse wirft, ruft er laut Leos Namen. Sein Bruder entfernt sich, ohne sich auch nur einmal umzusehen.

Warum bleibt er nicht stehen, fragt Pede, hört er mich nicht?

Es ist nur ein Traum, versucht ihn Dr. Freud zu trösten.

Ich will ihn sprechen, ich will ihn unbedingt sprechen.

Eines Tages, hoffe ich, erwidert Dr. Freud.

Dann wird er ein alter Mann sein, flüstert Pede.

Leo Panzer

Er hatte nicht bestanden. Nun würde er sich ziellos durch den Sommer treiben lassen, die Prüfung zum Kindergärtner im Herbst wiederholen. Er saß auf den Stufen vor dem Haus und scrollte über sein Handy. Seine Mutter arbeitete halbtags im Tierheim, sie brauchten das Geld. Sein Vater lebte längst mit einer neuen Familie zusammen. Er hörte Jackson ein lautes Grollen ausstoßen, als wäre er eine Bache. Dabei hatte der alte Keiler erst kürzlich Trudi attackiert, in einem unachtsamen Moment, als die Tiere nebeneinander im Gang standen – die Sau war eigentlich längst nicht mehr gebärfähig. Niemand hatte ihre Trächtigkeit bemerkt, seine Mutter hatte ihr sogar Tropfen für den aufgetriebenen Bauch gegeben. Dann kam der Tag, an dem Trudi vierzehn gesunde Ferkel warf. Sie zeigten bis zum Bauch das schönste Rosa, abwärts aber bis zu den Hufen hatte Jackson für Borsten gesorgt. Sie hatten den Eber vor Jahren als verlassenen Frischling im Wald gefunden, und selbst als alter Keiler verspritzte der noch seinen Urin und wetzte den Kiefer. Leo hatte keine Lust, die Tiere zu füttern, er hatte überhaupt keine Lust, irgendetwas zu tun. Es gab noch zwei Pferde, vier Kühe, etliche Ziegen, zwei schwule Laufenten, beide scharf auf einen Peking-Erpel, Hühner, Gänse, Hunde, Katzen. Es war nachmittags, und er hatte noch nicht einmal die Pferde auf die Weide gelassen. Leo war einundzwanzig, kräftig, auf seinem Bauernschädel wuchs kein einziges Haar. Er fühlte sich oft müde, als hätte er zu wenig Schlaf. Aber das konnte auch am Kiffen liegen. Er brauchte das Gras, um die Schmerzen auszuhalten – was seine Mutter für eine Ausrede hielt. Seit dem Tod seines Bruders schien er keiner Gefahr ausweichen zu können, und erst recht nicht konnte er etwas zerstören oder töten. Es ging so weit, dass er zusah, wie Schwärme von blutrünstigen Mücken in seine Arme stachen. Einzige Ausnahme: Ratten, er hasste Ratten, warum, konnte er nicht sagen.

Die Cannabispflanzen hatte er unter der hochbeinigen Mühlenhof-Terrasse ausgesät. Er hörte Jackson lauter grunzen, ging rüber zum Stall, in dem der Eber wie getrieben hin und her rannte, nebenan quietschte Trudi, umringt von ihren Ferkeln. Leo verfütterte lustlos das alte Brot, hockte bei den Ferkeln und fragte sich, wie es wäre, ein Schwein zu sein. Die Neonröhre über ihm flackerte, die Tiere verströmten einen dampfenden Hitzegeruch, und dann sah er Pede, wie so oft, sie sahen sich an, weiter nichts.

Als er den Stall verließ, kam ihm Eisenalex entgegen: He, Alter, was geht, könnte ’ne Tüte vertragen. Sein Freund war über dreißig und sprach wie ein Teenager, doch das störte Leo nicht.

Von mir aus, sagte er, was ’n Scheißtag.

Voll öde, oder? Aber wir haben was zu rauchen, und bald ist Sommer. Eisenalex zog sein Unterhemd aus und warf es auf den Boden. Hau ab, Dödel, sagte er, als der Hund sich draufsetzen wollte.

Dödel hat ’nen Namen, sagte Leo und öffnete eine Bierflasche. Hast du Helen gesehen?

Nein, würde ich sagen.

Was heißt: Würde ich sagen?

Hab was Passendes für sie gefunden. Eisenalex kramte in seiner Hosentasche und zeigte ein Armband, mit Grünspan überzogen. Uralt, sagte er, und das hier gebe ich ihr auch noch.

Leo betrachtete den Gegenstand. Was ist das?

Ein alter Geschossbolzen.

Was soll sie damit?

Wird ihr schon gefallen. Ich mach ’n Foto von Helen und dem Bolzen.

Leo drehte den Joint und nahm den ersten Zug.

Komm, wir gehen auf die Wiese, sagte Eisenalex, abhängen.

Leo folgte ihm, reichte den Joint weiter. Hast du schon gehört, fragte er, wir sind abgehangen.

Wir hängen ab, erwiderte Eisenalex und kicherte.

Nee, das mein ich nicht. Wir sind abgehangen.

Wer ist *wir*?

Na, wir Ostdeutschen.

Wer sagt das?

Na, die Westdeutschen.

Ich lach mich tot. Schinken kannste abhängen.

Leo stützte sich auf. Das ist wie bei einem Zug, da bleibt ein Waggon stehen, und tsch, tsch, tsch, die Eisenbahn rattert weiter. Ohne uns.

Sie lagen auf der Wiese, rauchten, die Wolken zogen vorüber.

Hast du schon gehört, fragte Leo.

Selten so gelacht, Leo, frisch abgehangen.

Falsch, ich meine die Sache mit Hans seiner Mutter.

Sie oder er?

Beide. Und Spielberg.

Der von *E. T.*?

Genau der.

Was meinst du? Eisenalex setzte sich auf.

Das Leben von Hans seinem Großvater soll verfilmt werden.

Du spinnst doch.

Wenn ich es dir sage.

Gott, spielt Hans dann mit?

Niemand spielt da mit, die wollen nur die Rechte haben.

Das heißt, Spielberg kommt ins Dorf?

Der echte Spielberg, so erzählt es Hans.

Der kann viel erzählen, sagte Eisenalex. Und nach einer kurzen Pause: Wie findest du eigentlich meine Fotos?

Speziell, sagte Leo, blies bedächtig den Rauch aus

und sah auf sein Handy. Ist schon sieben, verdammt. Er erhob sich, ging ins Haus.

Seine Mutter saß in der Küche.

Und, fragte sie.

Hab's verhauen. Aber ich wiederhole die Prüfung im Herbst, ehrlich, versprochen. Musst gar nicht erst meckern, hob er die Arme, ist mir selbst peinlich.

Aber kiffen kannst du, sagte sie und drückte ihre Kippe aus.

Ist doch nur … Ich hatte auch Pech.

Na klar, unterbrach ihn seine Mutter. Aber sie sah nicht böse aus. Sie konnte ihm nie böse sein.

Machst du die Tiere, fragte er.

Du nutzt mich aus, sagte sie, sagte es jedes Mal.

Du lässt dich ausnutzen, war stets seine Antwort.

Er umarmte sie, nahm zwei Flaschen Bier aus dem Kühlschrank, und als er die Stufen heruntersprang, schien die Welt in der Abendsonne zu baden.

Eisenalex hatte die Augen geschlossen. Sah aus, als hätte er mit diesem Tag nicht mehr viel vor. Ein Anflug von Zärtlichkeit für seinen Freund. Manche im Dorf sagten, Eisenalex sei zurückgeblieben, doch das war eine glatte Lüge. Er war manchmal peinlich, stellte Fragen wie ein Kind, aber er hatte einen eigenen Blick auf die Welt.

Hier, sagte Leo und hielt ihm ein Bier hin. Wollen wir Ratten schießen?

Sowieso, ich hol die Gewehre. Eisenalex hievte sich hoch und lief in Richtung Wohnwagen.

Leo war übersät mit Mückenstichen, er zwang sich, nicht zu kratzen.

Sein Freund kam schon wieder zurück, hatte es offenbar eilig, trug den Helm mit Nachtsichtgerät und zwei Schrotflinten über der Schulter.

Ist die Munni drin?

Klaro.

Sie saßen schweigend da, warteten, bis es dunkel geworden war, Eisenalex schlug ab und an nach einer Mücke. Zwei Ratten liefen oben an der Fassade entlang, Leo hob das Gewehr und drückte ab. Sie erlegten zehn Viecher in einer halben Stunde.

Invasion, sagte Eisenalex, stellte sich hinters Gebüsch und pinkelte.

Leo hörte Schritte, und Helen war da. Sie trug kurze Hosen und hielt Rollschuhe in der Hand. Gute Beute, fragte sie.

Ich dachte, du bist im Internat, sagte Leo. Seit sie die Leiche gefunden und bei der Mordermittlung eine nicht unbedeutende Rolle gespielt hatte – sie wurde immer wieder befragt, und ihr Mut wurde gelobt –, fand er sie noch anziehender.

Helen, die Sonne geht auf, rief Eisenalex.

Fahr erst morgen, sagte sie. Habt ihr was zu rauchen?

Klaro, sagte Eisenalex und hielt ihr den Joint hin.

Leo bestand darauf, dass sie die Ratten zu Jackson in den Stall brachten. Der alte Keiler wartete schon. Sie warfen das erste Vieh in seinen Verschlag, er stellte sofort einen Huf drauf und zog das tote Tier mit der Schnauze auseinander.

Heb noch welche für Wolfgang auf. Bioratten, schönes Fressen für die Wollschweine, sagte Eisenalex.

Bei dem soll 'ne richtige Rattenplage ausgebrochen sein, echt eklig, erwiderte Leo.

Kuckt mal hoch, sagte Helen, Sternc wie im Lampenladen.

Eisenalex: Superfoto! Sein Lächeln selig bekifft.

Walter

Oh Gott, oh Gott, sagt die Verrückte.

Wo ist er denn, dein Gott, erwidert Pede.

Er hat uns verlassen. Wir müssen nicht mehr gerettet werden, sagt Norbert.

Gott ist hier so wirkungslos wie Zahnpasta, entgegnet die Verrückte.

Seit ein paar Tagen geht es bei uns lebhaft zu. Es mag an der Hitze liegen, auch wenn wir die Temperaturen ja nicht spüren.

Florian und Amelie sind auf dem Friedhof, diesmal mit der Pastorin. Sie stehen vor der Gedenktafel und studieren die Namen der gefallenen Helden. Es ist kein einziger Flüchtling dabei, sagt Florian und lässt sich von der Pastorin erklären, dass diese außerhalb des Dorfes liegen. Ich kann dem Gespräch nicht ganz folgen, aber die Neuen planen offenbar eine Umbettung.

Aus einer prachtvollen Heimstatt entsteigt ein mir unbekannter Graukopf, die Inschrift im Marmor ist ausgelöscht, unlesbar geworden. Er lungert herum, als wüsste er nicht, wo er ist.

Wer ist das, frage ich die anderen. Niemand scheint ihn zu kennen. Der Graukopf ist um die fünfzig, hat trotz der grauen Haare ein Kindergesicht, trägt eine abgewetzte Uniform mit viel Geklimper. Er sieht sich um, betrachtet uns. Ihr wisst nicht, wer ich bin?

Die Verrückte: Dich kennt hier keiner.

Der Graukopf pfeift verächtlich.

Wie gesagt, manche kommen Jahrzehnte nicht heraus. Sie sind aus der Erinnerung der Lebenden verschwunden, und die, die am längsten hier liegen, bleiben erstarrt im Nichts. Kommentar Dr. Freud.

Auf ewig, frage ich.

Ab und an, wenn jemand an sie denkt, bekommen sie einen Schub und verbringen eine kleine Pause hier oben, erwidert Dr. Freud.

Norbert versucht weiter angestrengt, die Riechhürde zu nehmen. Er bläht die Nasenlöcher wie Nüstern, fährt schnüffelnd mit seiner Nase über den Boden.

Flirrender Himmel über uns, genauso weit entfernt wie zu Lebzeiten. Das Lithopädion fühlt sich diskriminiert. Pede hat es ein hässliches Ding genannt und die Verrückte einen versteinerten Kadaver. Seit Tagen traktiert es deshalb meine Schwiegermutter mit seinem Aua.

Sei endlich still, schreit der schöne Karl, getrieben von seinen eigenen Sorgen. Sein Vater ist gestorben und hat Branka das gesamte Vermögen vererbt.

So vergehen Wochen, Monate, Jahreszeiten. Alle, die ich zu Hilde befrage, geben mir unbefriedigende Antworten. Du hast dich manchmal aufgeführt wie ein Geisteskranker, das sagt ausgerechnet der schöne Karl. Du wusstest es nicht besser, sagt Gerda Engel, und sie wird auch nicht deutlicher, wenn ich nachhake. Ich möchte aber wissen, wer ich war und wie ich wurde, wer ich bin. Wie kam ich in dieses Dorf, und warum fand ich mein Ende mit einem Beil im Kopf?

Es kommt der Tag, da begegne ich Frieder, meinem alten Schulfreund. Wir liegen uns nicht gerade in den Armen, aber ich bin froh, dass er da ist. Ich erkenne ihn zuerst nicht. Er ist dünn, bleich, sein Gesicht scharf geschnitten, wie bei einer Holzfigur. Er ist jung gestorben – Leukämie. Auch er erkennt mich zunächst nicht. Wie denn auch, ich bin ein alter Mann geworden, und der Spalt im Schädel ist nicht ohne.

Warum zeigst du dich jetzt erst, frage ich.

Ach, weißt du, sagt er, spricht dann nicht weiter.

Ich löchere ihn mit Fragen. Erinnerst du dich an unseren verrückten Sportlehrer, an die Klassenschönste, den überaus talentierten … wie hieß er doch gleich?

Und während Frieder mehr gelangweilt nach Antworten sucht, fällt mir auf, dass ich mich erinnere.

Ich erinnere mich an früher!

Daran hast du dich noch erinnert, als du schon krank warst, sagt Gerda Engel.

Selektives Erinnern, meint Dr. Freud.

Es dauert Wochen, bis ich von Frieder erfahre, dass ich ein guter Schüler war, sogar Klassensprecher. Er ist unkonzentriert, ich muss ihm jedes Wort aus der Nase ziehen.

Ich war also nicht wütend, frage ich.

Er sieht mich verständnislos an. Nicht, dass ich wüsste, sagt er. Du warst freundlich, vielleicht ein wenig störrisch. Mehr bekomme ich nicht aus ihm heraus.

Bipolarchen

Er liebte Helene Fischer. Die Sängerin stammte aus Krasnojarsk, der drittgrößten Stadt Sibiriens, sie hatte smaragdgrüne Augen, und sie war echt. Klare, ehrliche Töne. Wenn sie im Fernsehen auftrat und ihn ansah, meinte sie ganz klar ihn. Branka hingegen war eine falsche Jugobraut und konnte ihm – ganz anders als die Sängerin – nicht in die Augen sehen. Sie leugnete ihre Herkunft. Stattdessen: Sie sei eine Deutsche, weil sie einen deutschen Pass besitze. Was war so erstrebenswert daran, deutsch zu sein? Sein Vater war ungarischer Zigeuner, seine Mutter Französin, die Urgroßmutter russische Jüdin. Das Lodern in seinem Kopf drohte zu erlöschen, die Grundeinsamkeit rückte näher. Die Welt, die er so heftig eingeatmet hatte, musste wieder heraus. Er hörte seine Lieblingstaube mit zerhackten Lauten gurren: Bi-po-lar-chen ist nicht tot. So hatte er sich vor Jahren bei Branka vorgestellt: Guten Tag, ich bin bipolar, wollen Sie ein Glas Sekt mit mir trinken? Es war Sommer gewesen, Branka war gerade eingezogen, sie hatte ihn nur kurz angeschaut und geantwortet: Kommen Sie in zwei Jahren wieder. Er hatte sich auf einer manischen Wolke befunden, wenn auch kurz vor dem Absturz. Ihre Antwort hatte ihn beschämt, er hatte nur mit ihr reden wollen, ein wenig Nähe vielleicht. Seitdem nannten ihn die Leute im Dorf Bipolarchen, und zwar nicht nur hinter seinem Rücken. Sogar Heinrich rief ihn so, und wenn er beduselt war, auch schon mal: Bi, Bichen, hast du noch ein Bierchen.

Heinrich, alter Säufer, einziger Freund, die Lusche. Warum durfte der eigentlich noch bei der Feuerwehr sein? Bestimmt spionierte auch er ihm hinterher. Der Druck in seiner Brust wurde stärker, er öffnete das Fenster und betrachtete die verhunzten Tannen, die er im Herbst als Jungpflanzen gesetzt hatte. Dreihundert junge Weihnachtsbäume, angeblich ein Spottpreis – er hatte sich gewaltig übers Ohr hauen lassen. Bipolarchen war Frührentner und hatte eine kleine Erbschaft gemacht. Seit Heinrichs Frage, wie hoch seine Erbschaft denn sei, war ihm klar geworden, dass er darüber nicht hätte reden sollen.

Als er zur Tür hinaustrat, lag eine schöne Sommerstille in der Luft, es roch nach verbranntem Holz und Stillstand. Wie konnte es nach Stillstand riechen? Er konnte es nicht genau benennen, es war, wie in der Kindheit neben den Bahngleisen zu sitzen und einfach in der Welt zu sein.

Er überquerte die Straße und stand vor dem Haus von Hilde und Walter. Unkraut überwucherte mittlerweile den Garten, die Fensterläden waren geschlossen, eine Terrassenscheibe zersplittert, es gebe keine Erben, hieß es. Walter wurde mit kaum einem Wort erwähnt, über Hilde zerrissen sich alle das Maul. Sie war ihm sehnsüchtig vorgekommen. Walter hatte es verdient, von ihrer Hand zu sterben. Niemand wusste Genaueres, auch Hilde konnte ermordet irgendwo im Wald verscharrt liegen. Die Suche nach ihr hatte nichts gebracht, und alle waren froh, als die Polizei endlich wieder abzog.

Er erinnerte sich, wie sie ihm mit zitternder Stimme ein Gedicht in fremder Sprache vorgetragen hatte. Eine seltsame Frau, glücklich hatte sie da ausgesehen.

Ob er das Geld für die Weihnachtsbäume überhaupt brauche, hatte Heinrich ihn gefragt. Du säufst mir noch die Haare vom Kopf, war seine Antwort, wer soll das bezahlen? Heinrichs Lachen war unfroh gewesen. Weshalb ihm aufgefallen war, dass er das Lachen von Branka lange nicht gehört hatte. Und noch etwas: Er hatte sie nie lächeln sehen. Stets schien ihr Lachen ihn zu verhöhnen. So wie die Taube, von deren gurrendem Geplapper er jetzt genug hatte. Bi-po-lar-chen ist nicht tot. Nein, schrie er laut, bin ich nicht.

Die Tür von Heinrich ging auf, als hätte er dahinter gelauert. Im hellen Tageslicht wirkte er besonders versoffen. Das Gesicht aufgedunsen, Triefaugen, die großen Ohren, als hielten sie den Kopf zusammen.

Heinrich blieb vor ihm stehen und schnupperte: Oho, haben wir uns eingedieselt?

Wer war wir, dachte Bipolarchen und starrte auf Heinrichs traurigen Säuferbauch, der schlaff über dem

Gürtel hing. Er ging grußlos zurück ins Haus, hörte ihn hinter sich rufen: Was ist denn nun schon wieder los!

Er ließ die Rollos herunter.

Sein Atmen kam ihm zweigeteilt vor. Er schien eine Menge Luft einzuziehen, aber nur wenig aus dem Mund wieder herauszulassen. Eine Luftwurzel. Er würde heute nicht mehr den Rasen mähen. Er ging leise in die Garage, als könnte Heinrich ihn hören. Dort befand sich hinter dem Holzregal ein neues Mercedes-Cabrio. Das Auto funkelte, obwohl es nicht im Licht stand. Er strich über die silberfarbene Oberfläche, seine Hand spürte makellose Kühle. Ein Funken Stolz blitzte in ihm auf. Er hatte mit diesem Auto noch nie die Garage verlassen. Er träumte davon, Branka zu einem Ausflug einzuladen. Ob sie das wagen würde? Er fuhr nur mit seinem alten Skoda. Ihm gehörte das Haus, während Heinrich nebenan ein Zimmer gemietet hatte. Schon diesen Besitz schien sein Nachbar ihm nicht zu gönnen. Er war sogar auf seine Rente neidisch. Heinrich hatte ihn gefragt: Warum gehst du nicht arbeiten? Du bist doch ganz normal.

Walter

Der Friedhof ist sonnenüberflutet. Die Toten sind auf ewig zusammengewürfelt. Ein Albtraum, könnte man denken, aber wir können genauso wenig träumen, wie wir noch einmal sterben können.

Der alte Graukopf verlässt seinen Prachtbau, kommt auf uns zu. Ich gehöre hier nicht her, sagt er.

Das klingt, als wären wir in der Psychiatrie. Wohin gehören Sie Ihrer Meinung nach, fragt Dr. Freud.

Ich kann es nicht erklären, irgendwo anders hin.

Mit *irgendwo* kommen wir nicht weiter, erwidere ich.

Ich bin eingeschlafen und hier wieder aufgewacht, sagt der Graukopf. Seine weit auseinanderliegenden Augen schauen traurig, seine Schultern hängen, als wäre ihm ein großes Unrecht widerfahren.

Wer sind Sie, wie haben Sie gelebt, fragt Dr. Freud.

Sehen Sie doch selbst, ich war General, ein Theatergeneral, er hebt die Hände. Unter seiner Schminke kommt die Todesblässe zum Vorschein. Ich weiß nicht mehr, in welchem Stück, mir fehlen die Worte, die ich sprechen muss.

Reden Sie doch einfach, wie Ihnen der Schnabel gewachsen ist, sage ich.

Ohne Text, wie soll das gehen? Ich habe mir den Tod anders vorgestellt, das spüre ich tief in mir drinnen. Doch die Erinnerung an die alten Bilder ist mir abhandengekommen.

Ist es nicht egal, sage ich, ob wir wissen, was wir über unser Sterben gedacht haben? Wir sind tot, wir bleiben tot. Was nützen unsere Vorstellungen von früher?

Ein Abgleich, der folgenlos bleibt, sagt Dr. Freud. Es gibt hier keine Analyse.

Es würde mich trösten zu wissen, wer ich war. Der Theatergeneral seufzt, sein Mund ein müder Strich.

Ich sehe zum Himmel, weit entfernt vermute ich einen zweiten dahinter.

Oh, einmal noch eine Vorstellung von meinem Tod zu haben, das wünsche ich mir, sagt der Theatergeneral.

Als ich noch lebte, dachte ich, alles würde gelöscht nach dem Sterben, sagt die Verrückte. Die Songs von früher, die Erinnerung an den ersten Kuss, wie meine Mutter mir Zöpfe geflochten hat – aber es ist viel schlimmer. Ich erinnere mich, und es bedeutet nichts. Wie um das Gesagte zu unterstreichen, beginnt sie zu singen:

Sag mir, wo die Blumen sind, wo sind sie geblieben?
Sag mir, wo die Blumen sind, was ist geschehen?
Sag mir, wo die Blumen sind, Mädchen pflückten sie geschwind.

Wann wird man je verstehen?
Wann wird man je verstehen?

Sie entfernt sich, summt das Lied weiter. So habe ich die Verrückte noch nie wahrgenommen, romantisch, auf eine schöne Art einsam.

Ein Mann kommt auf mich zu; komisch, aber ich weiß sofort: Es ist Bauer Lehmann. Er wurde siebenundneunzigjährig auf eigenen Wunsch in seinem samtroten Cordanzug beerdigt. Ein riesiger Kerl, seine Haut hat die Struktur von Leder, über den dichten Brauen ein altersfleckiger Schädel, winzige Augen, die wachsam sind, mit einem Stich ins Gelbliche. Ich kannte ihn als denjenigen, der mir einen Hasen schenkte und komische Abzählreime aufsagen konnte.

Er begrüßt mich: Schön, dich zu sehen.

Ich umarme ihn freudig, gleichzeitig spüre ich, wie kurz mein Leben war, nicht mehr als ein Wimpernschlag. Ich muss sechs oder sieben gewesen sein, als er starb. Warum zeigst du dich erst jetzt, frage ich.

Jemand, der lebt, wird an mich gedacht haben.

Wie meinst du das?

Die meisten von uns sind nur hier oben auf der Bühne, wenn sie in der Erinnerung eines Lebenden auftauchen. Stell dir vor, was sonst auf diesem Friedhof los wäre, wir würden uns noch tottrampeln. Er lacht laut.

Ich befrage ihn nach meinem Leben und erfahre, dass ich in unserer kleinen Kirche während eines Gottesdienstes zur Welt kam, geboren von einer Frau, die zu

Wutausbrüchen neigte. Selbst ihr Lachen soll grimmig gewesen sein, beim Einsetzen der Wehen habe man ihr Fluchen im ganzen Dorf gehört. Mein Vater galt als ängstlicher kleiner Mann, und mein Großvater war von vornherein gegen diese Hochzeit.

Sind sie auch hier, frage ich.

Deine Eltern haben in der Stadt gewohnt und sind dort beerdigt, antwortet Bauer Lehmann.

Und mein Großvater?

Ist noch nie rausgekommen, sagt der Hüne, es gibt etliche, die einfach nur vermodern wollen.

Schade, sage ich, dass ich mich an so wenig erinnere.

Dafür ich mich an umso mehr, erwidert er. Du warst ein lieber Junge, so ziemlich das Einzige, was du verabscheut hast, war die Haut auf der Milch. Ich habe beobachtet, wie du die Milchhaut heimlich an die Wand geschmiert hast. Aber ich habe dich nicht verraten, fährt er fort, du warst lieb und dürr, einmal hattest du die Ruhr, da haben wir dich besucht, dein Großvater und ich. Du hast in deinem Bett gesessen, das einzige Kind, neben dir nur kranke und sterbende Alte, und du hast für sie gesungen.

Und wann kam meine Wut?

Es gab den Bruch, damals zur Wende, sagt Bauer Lehmann, das habe ich von hier genau beobachtet. Du warst schon immer sehr diszipliniert, eine Zeit lang warst du sogar ein Vorbild für die anderen. Vielleicht hast du alles zu ernst genommen, Humor war nie deine Stärke. Du hast rangeklotzt, wenig gesprochen, konntest keine Ungerechtigkeit ertragen. Einfach war der

Umgang nicht mit dir. Aber nach der Wende bist du wie ein Hagestolz herumstolziert, als wäre dir ein Unrecht widerfahren. Du hast in dem neuen Land deinen Platz nicht gefunden, alles war offen, du hast nicht verstanden, dich anzupassen.

Heinrich

Als er aufstand, lief das *Mittagsmagazin* ohne Ton. Er hielt den Mund gurgelnd unter den Wasserhahn, öffnete das Fenster, steckte sich die nächste Zigarette an. Er atmete schwer aus, als hätte er eine Klettertour hinter sich. Vor dem Einschlafen hatte Heinrich sich noch vorgenommen, erst nachmittags zu trinken, aber das erschien ihm nun, als müsste er eine Strafe absitzen. Er hatte keinerlei Antrieb, etwas anderes zu tun, als der Hitze mit einem kalten Bier zu trotzen.

Der erste Schluck, die nächste Zigarette, langsam lebte er auf. Er blies die Pizzakrümel vom Tisch, stellte die leeren Flaschen in den Kasten vorm Haus. Hitze und Gewitterstimmung. Immerhin ein laues Lüftchen. Seit er den Ein-Euro-Job hatte aufgeben müssen, malte er sich aus, was er machen würde, wenn er wieder an die Reihe käme. Auf dem Rasenmäher durchs Dorf, einen Kiesel an Bipolarchens Fenster werfen. Obwohl er unter der Arbeit gelitten, sie sogar verflucht hatte, wünschte er sich den Job zurück. Nicht nur wegen des

Geldes, mit dem ab und an sogar bessere Kippen drin gewesen waren. Er war sich sichtbarer vorgekommen, er hatte einen Feierabend gehabt. Es war etwas anderes, nach der Arbeit zu Branka in die Kneipe zu gehen oder zu Bipolarchen auf ein Bier. Kurz verspürte er das Bedürfnis nach einem Gespräch, aber dann fiel ihm ein, dass Bipolarchen ihm nicht mehr in die Augen sehen konnte. Seine Fragen nicht beantwortete, sich sogar vor ihm versteckte. Nur sein Katzenvieh ließ sich noch herab, ihn zu besuchen. Carlo: ein schwarz-weiß gefleckter Kater, fett, einäugig, auch ihm war nicht zu trauen.

Er trat vor die Tür, die Rollos von Bipolarchen waren unten, er schien zu schlafen. Heinrich umstrich die Haushälfte, blieb vor dem Garagentor stehen, das seit Monaten mit einem schweren Schloss gesichert war. Irgendetwas war da drinnen. Er duckte sich, schlich unter dem Fenster entlang, versuchte, das Lied von der Schlagertusse zu pfeifen, spätestens jetzt musste sich sein Nachbar doch melden. Heinrich blinzelte einen Schweißtropfen weg, ging in sein Zimmer zurück, doch die Frage, was sich in der Garage befinden könnte, ließ ihm keine Ruhe. Vielleicht war dort Hildes Leiche versteckt. War er nicht geradezu verpflichtet, nachzusehen?

Er suchte in seinem Werkzeugkasten nach einem Hammer, fand nur eine große Zange. Er postierte seinen Stuhl neben dem Garagentor, nahm mit der Zange Maß am Schloss. Seine Finger zitterten, die Zange rutschte ab und fiel zu Boden. Heinrich lauschte nach allen Seiten, setzte sich und nahm einen Schluck, wischte sich den Schweiß von der Stirn. Dann sah er den bunten, faustgroßen Steinfrosch neben der Garage im Gras. Ein Souvenir, das Bipolarchen von einer seiner Reisen mitgebracht hatte. Ja, der Herr Nachbar konnte es sich leisten zu reisen, wenn er nicht krank war. Aber was, wenn er in Wahrheit völlig gesund war? Wenn er die Krankheit nur vortäuschte, um an seine Rente zu kommen? Vielleicht tanzte der mit Hilde nachts in der Garage, und die beiden lachten sich tot über ihn. Heinrich hob den Frosch auf und ließ ihn auf das Schloss niedersausen. Der Frosch zersprang in tausend Stücke, das Schloss hielt stand. Der Himmel war bleich mit einem roten Streifen Sonne, irgendwie bipolar, und das wollte er Bipolarchen erklären, der aus der Haustür stürmte und ihn geradezu anbellte: Wofür, verdammt noch mal, war das?

Mit dieser Gesprächseröffnung hatte Heinrich nicht gerechnet. Wofür was, stotterte er.

Bist du noch ganz dicht?

Ich wollte nur nach den Pfandflaschen sehen.

Du wolltest was?

Die Pfandflaschen, ich habe neulich die Pfandflaschen bei dir vergessen.

Bipolarchen sah ihn an, als wäre *er* irre. Du kannst sie nicht vergessen haben, sagte er, ich kaufe das Bier, ergo gehören mir auch die Pfandflaschen.

Heinrich würde sich diesmal nicht abwimmeln lassen. Die beste Methode, Bipolarchen aus der Reserve zu locken, war, ihn zu loben, nein, mehr noch, schmeicheln musste man ihm. Er trat näher, schnupperte, sagte: Mmh, riecht gut, Moschus?

Hältst du mich für einen Ochsen?

Nein, natürlich nicht.

Bipolarchen trat einen Schritt näher. Was wolltest du wirklich? Mir wieder nachspionieren?

Wen hast du in der Garage versteckt? Diesen Satz hatte Heinrich lange vorbereitet.

Das geht dich nichts an, sagte Bipolarchen und wich seinem Blick aus.

Herablassend war dieser Bipolar, kein *chen* würde er je wieder an den Namen verschwenden. Eine Krankheit, der ganze Mann eine Krankheit. Diese Nichtanerkennung der Tatsachen, sein Nachbar log ihm glatt ins Gesicht. Heinrich konnte seine Wut nicht mehr verbergen, warf die leere Flasche auf den Boden und spuckte aus. Irgendwann würde Bipolar wieder auf Reisen gehen, dann würde er sich nicht nur die Garage anschauen.

In der Wohnung trank er sofort ein weiteres Bier, und eine Flasche folgte der nächsten, dann noch ein Schnaps, bevor er in Richtung Sofa segelte. Dort hockte das einäugige Katzenvieh und legte fauchend den Kopf in den Nacken. Die Tageshitze saß in der Tapete, ein Sonnenfleck rutschte über die Wand, kroch ihm den Rücken hoch, noch kein Abend in Sicht. Er berichtete Carlo, was Sache war, streckte ihm die Hand entgegen, doch der Kater fegte mit einem Hieb die Flaschen vom Tisch und sprang miauend davon. Dann eben nicht, rief er, und genau in diesem Moment leuchtete inmitten seiner sich im Kreise drehenden Gedanken ein Bild auf, das ihn laut lachen ließ. Er hatte Hilde in der Silvesternacht mit einem großen Koffer in ein Auto steigen sehen. Sie war selbst gefahren. Er – Heinrich – hatte Informationen, die außer ihm niemand besaß. Er verzog den Mund zu einem breiten Grinsen, rieb sich die Hände, er mochte kein großer Redner sein, aber was er zu berichten hatte, würde alle umhauen. Er öffnete eine neue Flasche, prostete sich selbst zu, ging nach draußen, wo ein Gewitter sich in Blitzen und lautem Donner entlud, und auf der Straße angekommen, konnte er das Gefühl der Euphorie nicht mehr einordnen. Er stand da, reckte das Kinn: Was war da eben gerade noch, verdammt noch mal, wo war er hin, dieser Gedanke, diese wichtige Information? Da war doch was gewesen! Wer hatte sich ihm gezeigt? Diese Person weigerte sich hartnäckig, noch einmal vor seinem inneren Auge zu erscheinen.

Walter

Das Dorf wird erstmals in einer Urkunde von 1239 erwähnt. Im Jahr 1257 lebten hier acht Bauern und vier Häusler. Dann ging das Dorf 1322 in den Besitz einer Adelsfamilie über. Die Kirche entstand um 1420. Viel später, 1787, gab es 19 Feuerstellen, man zählte 22 Bauernhufen und 3 Ritterhufen. 1862 war das Dorf auf 22 Wohnhäuser und 12 Wirtschaftsgebäude angewachsen. Seit 1929 existiert die freiwillige Feuerwehr. 1958 wurde die LPG Karl Marx gegründet. Im Stall standen 85 Kühe. Das Gemeindehaus wurde 1987 gebaut. Das sind Bruchstücke, die ich im Internet gefunden habe.

Großartig, so ein Internet, ich kann mich nicht erinnern, es zu Lebzeiten benutzt zu haben. Letztlich aber sagen mir die Daten wenig. Eigene Erinnerungen hingegen könnten in der steingeschlagenen Ewigkeit als Zufluchtsorte funktionieren. Vor was habe ich mich gefürchtet? Was hat mir Freude bereitet?

Das Gespräch mit dem Theatergeneral will mir nicht

aus dem Kopf. Er kennt sich selbst nur als Schauspieler im Bühnenaufzug, nicht mal den passenden Text hat er noch. Und ich habe fast mein gesamtes Leben vor der Krankheit verloren. So viele Jahre liegen da wie eine dunkle Welt, kaum ein Riss, um einzusteigen. Ab und an Bildsplitter aus der Kinder- und Jugendzeit. Das Gegacker von Hühnern, ein stolzer roter Kater, der in meinen Armen liegt und schnurrt und plötzlich weg ist. Wirklich klar erinnern kann ich mich nur an die letzten paar Wochen. Ist das meine Strafe, ist das die Hölle, frage ich Dr. Freud.

Die Hölle wäre zu wissen, wer du wirklich warst, erwidert er.

Ich beschließe, nicht auf ihn zu hören. Dr. Freud scheint mir ein Schlaumeier zu sein. Ich will mich nicht in ein pauschales Grab werfen lassen. Selbst als Toter hat man nur seine eine Geschichte und sonst nichts.

Ich sehe Hilde vor mir, wie sie mit mir zum Arzt geht. Wer war der Mann, dem sie ihre Fürsorge schenkte? Wo komme ich her?

Das hat dich nie interessiert, sagt Gerda Engel, warum jetzt?

Alle scheinen über mich Bescheid zu wissen, nur ich nicht.

Ach, die tun nur so, erwidert sie. Glaubst du wirklich, die anderen wüssten, wer *sie* waren? Sieh mich an: Jahrzehntelang habe ich ein Kind in mir getragen und wusste nichts davon.

Du hast noch ein lebendes Kind. Machst du dir keine Sorgen, was mit Hilde ist?

Nein, sagt Gerda Engel. Meine Tochter kommt ohne mich zurecht, so habe ich sie erzogen.

Und hast du sie auch dazu erzogen, mich zu töten?

Mumpitz, erwidert sie, tippt sich an die Stirn und verschwindet samt Steinkind.

Ich spaziere die Dorfstraße entlang, als wäre ich ein Fremder, trete durch unser Gartentor. Der Birnbaum trägt saftige Früchte, alles blüht, vor allem das Unkraut. Vogelgezwitscher, unterbrochen vom Brummen eines Rasenmähers. Nicht einmal zehn Uhr, und Bipolarchen mäht schon. Heinrich schläft, sein Fernseher läuft, er stellt ihn auch nachts nicht ab. Ich überquere die Straße, bleibe vor Brankas Fenster stehen. Sie sitzt vor einer abgegriffenen Straßenkarte von Hamburg und macht sich Notizen. Ich kann nicht lesen, was sie schreibt, es muss Slowenisch sein. Als ich schon weitergehen will, halte ich inne. Da liegt ein schmales Büchlein auf ihrem Tisch, das Bild auf dem Umschlag kommt mir bekannt vor: Ein Mädchen im schwarz-gelb gestreiften Kleid sitzt vor einem blauen Fenster und schaut hinaus, links am Boden eine weiße Katze. Dieses Bild hat Hilde gemalt, es hing in ihrer Bügelkammer. Ich trete neben Branka und blättere in dem Buch, es scheinen Gedichte zu sein, auch die in einer mir unbekannten Sprache. Aber nicht Slowenisch, so viel kann ich sagen. Als ich das Buch zurücklegen will, sehe ich hinten ein Foto.

Eine Frau mit einem Muttermal.

Hilde.

Ich weiß nicht, wie lange ich so dastehe.

Ich starre auf das Foto: Das ist meine Frau. Mein Herz würde mir bis zum Hals schlagen, hätte ich noch eins. Wie kommt Hilde hinten auf das Buch? Was ist das für eine Sprache? Etwas in mir hat es längst begriffen, während ich mir diese Frage stelle. Ich verstehe kein einziges Wort, aber so viel ist sicher: Hilde hat die Gedichte geschrieben. Das Buch ist neu. Sie lebt.

Eisenalex

Steven Spielberg also, es wurde seit geraumer Zeit von nichts anderem mehr im Dorf geredet. Doch niemand wusste etwas Genaues. Wann konnte er ihm endlich seine Fotos zeigen? Die zerquetschte Ratte auf der Fahrbahn, die kaum von den Teerflicken zu unterscheiden war. Der bemooste Stamm. Das kopflose Karnickel. Die Schlangenhaut. Und dann sein Meisterwerk: der Elefantenfuß. Keiner konnte sehen, dass der Fuß nicht mehr zu einem Elefanten gehörte. Er hatte den Papierkorb, der aus einem echten Elefantenfuß gemacht war, auf dem Dachboden entdeckt. Leider hatte er seine Mutter nicht mehr fragen können, wie das Ding seinen Weg dahin gefunden hatte. Dieser Fuß wurde nach ihrem Tod sein Projekt. Über Jahre fotografierte er jede Pore einzeln und setzte alles in einem Bild wieder zusammen. Das Foto zeigte den Fuß abgewinkelt, als wäre er noch an seinem Träger, als würde der Elefant aus dem Foto verschwinden wollen, in die Wildnis zurück.

Wie könnte er Hans bitten, ihn mit Spielberg bekannt zu machen? Er könnte ihm beiläufig sagen, wie sehr er E.T. mochte. Doch wie sollte er das anstellen? Schon bevor Hans im Rollstuhl saß, hatte er kaum ein Wort mit ihm gewechselt. Er betrachtete den Fliegenfänger an der Küchenlampe, einige Tiere zappelten noch am tödlichen Klebstoff. Auch ein gutes Motiv, dachte er, starrte auf eine summende Fliege und spürte wie so oft ein Gefühl der Nutzlosigkeit. Er erinnerte sich nicht, woran er eben noch gedacht hatte. Dieser Zustand war ihm seit Kindertagen vertraut. Er könnte die Zimmer neu streichen. Grün. Blau. Orange. Er trat durch die offene Tür ins Bad, betrachtete sich im Spiegel: ein länglicher Kopf, ganz passabel, fand er, obwohl mal jemand gesagt hatte, sein Kopf ähnele einer Erdnuss. In seinem rechten Auge bemerkte er einen winzigen schwarzen Fleck, ein Fliegenschiss, dachte er, seine Augenfarbe war grün, er funkelte sich an: ein knalliges Grün. Reptilienaugen, das hatte seine Mutter gesagt. Er war bis heute nicht sicher, ob sie es anerkennend oder abwertend gemeint hatte.

Er entfernte Reste von Fingernägeln aus dem Waschbecken. Seine Mutter war tot, sah weder den Dreck, noch wusste sie, dass er schon wieder pleite war, die Stütze erst am Wochenanfang kam. Er versuchte nachzudenken, dann fiel es ihm ein: E.T. Der kleine Kerl mit dem Finger. Nach Hause telefonieren. Er sprach den Satz laut ins Badezimmer. Aber es klang anders als im Film. Er stellte sich vor, Helen könnte ihn jetzt sehen. Er zog den Bauch ein, lächelte spöttisch, dann pfiff er laut: *Summertime,* ihren Lieblingssong. Er wusch sich das Gesicht mit kaltem Wasser, schüttelte sich prustend, ging ins Wohnzimmer, blieb eine Weile vor dem gerahmten, zwei mal zwei Meter großen Elefantenfuß stehen, öffnete, immer noch ihren Lieblingssong pfeifend, die kleine Büchse, auf der *Caviar Russian Osietra* stand, drehte sich einen Joint, inhalierte genüsslich.

Ein großes Lächeln: Sollte Helen sehen, was sie verpasste.

Ein heißer Tag, es roch nach überreifen Äpfeln. Licht malte Muster in die Luft, bis hoch in die weichen Wolken. Über ihm langbeinige Vögel, die da unterwegs waren, wo er nicht war. Er nahm den Abkürzungspfad zum Wald. Klopapier hatte er keins dabei, Blätter tun es auch, dachte er und folgte dem Bachlauf. Er ging zum Scheißen oft hierher. Die Kiefern knarzten, das Klopfen eines Spechts. Er passierte die verrotteten Stützpfeiler des alten Armeegeländes. Hier hatte er als Kfz-Mechaniker gearbeitet, aber das war Jahre her. Ein illegaler Schrottplatz inzwischen, wucherndes Unkraut, eine von Rost zerfressene Pflugschar, Autoreifen, Kühlschränke, Abfälle, die zum Himmel stanken. Tief im Wald hockte er sich hin und legte den Kopf schief, starrte auf das Laub vom Vorjahr, Ameisen, Sonnenflecken auf dem Moos, kam wieder hoch, machte seinen Hintern mit Blättern sauber.

Er blieb eine Weile stehen, ehe er sich aus der Erstarrung löste und weiterging. Er hatte Lust auf weiße Bohnen, Blutwurst, Schokolade, und nichts davon lag in seinem Kühlschrank. In seiner Hosentasche fand er zwei Euro und beschloss, in die Stadt zu fahren. Er rannte los, kam gerade noch rechtzeitig, begrüßte den Busfahrer, mit dem er in der Grundschule gewesen war, und setzte sich nach hinten. Er döste kurz weg, stieg dann am Einkaufszentrum aus und ging rüber zu Rewe. Während er die Schokoladentafeln begutachtete, aß er zwei Pralinen aus einer geöffneten Schachtel, am Obststand steckte er sich Erdbeeren in den Mund. Die Musik aus dem Lautsprecher machte ihn fertig. Er hatte keine Lust, Musik zu hören, die inflationär abgedudelt wurde. Und jetzt auch noch Helens Lieblingssong. Am liebsten hätte er sich die Ohren verstopft. Er versuchte auszurechnen, ob er sich eine oder zwei Büchsen weiße Bohnen leisten konnte, doch die Musik verschmolz mit dem Neonlicht und legte sich grell auf seine Pupillen. Dann las er auf dem Etikett: *50 Prozent gratis*. Er lachte laut und fragte sich gleichzeitig: Warum kam er erst jetzt darauf? An der Kasse stellte er zehn Büchsen weiße Bohnen auf das Band, und als die Kassiererin den Preis eintippen wollte, sagte er: Ich nehme nur die 50 Prozent gratis.

Sie wollen was?

Da steht es doch, antwortete er und wies grinsend auf eine der Büchsen: *50 Prozent gratis*.

Das ist doch nur, wenn man die ganze Büchse nimmt.

Steht da aber nicht, erwiderte er und wusste, nicht nur die Kassiererin schaute erstaunt, auch Helen konnte wieder alles mitverfolgen, und natürlich würde sie sich halb totlachen.

Die Kassiererin sah nicht erstaunt, sondern bloß genervt aus. Wie stellen Sie sich das vor, sagte sie, soll ich einen Büchsenöffner holen?

Warum nicht, sagte er.

Was soll denn das, rief ein Mann hinter ihm.

Das ist eindeutig *gratis*, sagte er, zeigte auf die Büchsen und versuchte, mit einer Handbewegung die Wartenden an der Kasse mit einzuschließen.

Schluss mit dem Blödsinn, sagte die Kassiererin.

Gut, er kam hier nicht weiter. Also ließ er die Büchsen auf dem Band zurück und ging. Das war seine Strategie in solchen Fällen: abhauen, wenn ihn etwas überforderte.

Da stand er nun, wartete auf den Bus, Schweißflecken unter den Achseln. Äußerlich mochte es den Anschein haben, als wäre er zufrieden mit diesem von der Hitze ausgebleichten Tag.

Walter

Die Verrückte und Pede wissen Bescheid.

Hilde hat oft geschrieben, sagt die Verrückte, dich hat es nur nicht interessiert.

Einmal hat sie ein Gedicht für dich liegen lassen. Du hast es wie einen Kassenbon zerknüllt und in den Eimer geworfen, sagt Pede.

Du warst wirklich ein Stinkstiefel, sagt die Verrückte. Was hätte es ihr bedeutet, wenn du das Gedicht gelesen hättest, und vor allem, was hätte es dich gekostet?

Ich fühle mich an den Pranger gestellt, und doch, tief im Gespinst der Erinnerungen, regt sich was. Vielleicht nur ein Gefühl der Scham. Ja, was hätte es mich gekostet – angesichts der Jahre, die wir miteinander verbracht haben?

Ich erinnere mich, sagt Gerda Engel, dass meine Tochter früher zu solchen Verrücktheiten neigte. Dachte allerdings, ich hätte sie ihr ausgetrieben.

Der schöne Karl zuckt mit den Achseln: Wer will schon eine Frau, die Gedichte schreibt. Er steht da und fixiert Branka mit unerbittlichem Blick: Woher hat sie das Buch denn eigentlich? Erst als er mich genauso betrachtet, begreife ich, dass er Hilde für Brankas verändertes Wesen verantwortlich macht. Warum ist sie nicht einfach gegangen, denke ich, hat sich scheiden lassen? Ich verstehe so vieles nicht. Nach dem Leben kam der Tod. Und was kommt danach? Auf ewig an diesem Ort? Und kein Ende in Sicht, bis sich in fünf Milliarden Jahren die Sonne zu einem Riesenstern aufbläht und die Erde verschluckt? Kein Tod wird mich retten, und diese Erkenntnis setzt ein Grauen in mir frei.

Es ist nicht mehr wichtig, sagt Gerda Engel.

Scheiß Chronik, sage ich und blicke ihr und dem Steinkind nach, das mir zunehmend auf die Nerven geht. Wie soll ich Chronist sein, wenn ich mich nicht erinnere? Für wen überhaupt berichten?

Ich bin ganz froh über mein plötzliches Aufbrausen, es ist wie eine Bindung an mein Leben, an meine frühere Wut.

Was würde es ändern, wenn ich wüsste, wer ich bin?

Mach dich nicht wichtig, sagt die Verrückte, du bist ein Toter, der mal gelebt hat, so wie wir alle.

Und wenn ich Hitler gewesen wäre, frage ich provokativ, würdet ihr mich ausschließen?

Wie soll das gehen, fragt die Verrückte, es gibt hier keine Räume für Einzelgänger.

Der Tod bleibt folgenlos, sagt Dr. Freud.

Alle kommen davon, sage ich.

Wenn das die Lebenden wüssten, meint die Verrückte.

Hans

Hilde war in seinem Ansehen gestiegen: eine Mörderin. Das hatte er ihr nicht zugetraut. Hätte er es wissen können? In ihren Tagebüchern stand nichts dazu, nur Gedichte in einer fremden Sprache. Hatte sie es auch auf ihn abgesehen? Allerdings wurde dort nicht einmal sein Name erwähnt. Für einen Moment sah er sie vor sich: Hilde, eine alte Frau, und dennoch hätte er sie beinahe geküsst. Als der Ermittler sich bei ihm über sie erkundigte, hätte er die Wahrheit sagen können, aber er wusste nicht, wie und wo beginnen, und überhaupt: Welche Wahrheit?

Das alles war nun schon lange nicht mehr wichtig. Das Blatt hatte sich gewendet, dank seinem Großvater. Dieser edle Mensch war nicht nur ein Schlagerfuzzi gewesen, sondern hatte sich auch im Widerstand verdient gemacht. So stand es jedenfalls in dem letzten Brief des Regisseurs. Inzwischen war eine Menge passiert. Er hatte die Eingangstür blau gestrichen. Seine Mutter hatte sieben Kilo abgespeckt, und er hielt den

Mund, sagte ihr nicht, dass sie genauso fett aussah wie vorher.

Bei Branka am Tresen hatte ihm Leo auf die Schulter geklopft, Eisenalex ihm einen Kurzen ausgegeben. Sogar dieser Kobold aus dem Westen war im Goldenen Ochsen aufgetaucht, um ihn über seinen Großvater auszufragen. Aber er war nicht auf den Kopf gefallen. Was verschaffte ihm die Ehre? Es ging nicht um seinen Großvater. Pustekuchen. Sie wollten an Spielberg ran.

Früher hatte er den Plan gehabt, das Kaff zu verlassen. Nun war er sich nicht mehr sicher. Die blaue Eingangstür gefiel ihm, so könnte es weitergehen mit dem ganzen Haus. Seine Mutter wünschte sich einen neuen Herd, sollte sie haben, aber sein persönlicher Traum war ein Whirlpool und ganz gewiss keiner zum Aufblasen, sein Whirlpool wäre mit allen Schikanen ausgestattet. Die Kastanie im Hof würde er nicht fällen lassen, stattdessen die Miniermotten ausrotten und am Stamm eine Gedenktafel anbringen, darauf der Name seines Großvaters in goldenen Lettern. Es war ja auch sein eigener Name, und er hatte gehört, dass Kastanien über tausend Jahre alt werden können.

Er zappte sich durch ungeahnte Programme, die mit dem neuen Fernseher ins Haus gekommen waren. Das war Pflicht gewesen – ein wenig Vorkapital herauszuschlagen. Der Kobold war mit seiner dürren Tusse aufgetaucht: Nein, sie wollten nicht hereinkommen, nur ein kurzer Gruß am Zaun, und ob es wirklich wahr sei, sie könnten sich vorstellen, ein Essen bei ihnen für den Regisseur zu geben, und überhaupt, was für eine schöne Dorfgemeinschaft – bla, bla, bla. Er war natürlich bereit gewesen, ihre Einladung weiterzuleiten, leider sei er gerade ein wenig klamm. Eine Woche später konnte er sich durch die neuen Programme zappen. Wer hätte das nicht ausgenutzt?

Seine Mutter blieb misstrauisch gegen das Glück. Er solle es nicht übertreiben und so weiter. Sie hatte keine Ahnung. Es übertreiben hieße, den Kobold mit seiner Tusse zu enteignen und sich in deren Haus niederzulassen.

Er würde nirgendwo hinfliegen, in die Welt oder so, Türkei, Afrika – nein, er konnte auch hier die Türkei oder Afrika haben. Er besaß einen Flaschenöffner, der wie ein Nilpferd geformt war, und für den scheiß Döner musste er nur in die Stadt fahren. Oben auf seiner Liste standen eine neue Prothese und eine Badeprothese mit Tattoo. Seine Mutter hatte nichts einzuwenden, so wie er nichts dagegen sagte, dass sie in die Stadt fuhr, um sich die Haare feuermelderrot färben zu lassen. Wer weiß, was noch alles passieren würde. Er konnte sich gut vorstellen, dass so einiges auf sie zukam. Er war bereit. Es fing doch gut an.

Walter

Ich frage in die Runde, wie es sich anfühlt, wenn man sich an die Stirn tippt und schwupps, weg ist man.

Beim ersten Mal ist es in etwa so, als hätte man sich einem dissoziativen Luftzug anvertraut, antwortet Dr. Freud.

Einem was?

Ich befolge seine Anweisungen und verschwinde in einer Blase, die sich in einer Blase befindet. So ungefähr. Aber auch, als würde sich die Luft verdichten. Ich fliege – schwebe, tauche, drifte. Als wäre ich mir abhandengekommen und doch da. Woher weiß ich das? Warum fühle ich so? Ich fühle Zutrauen in das stupide Glotzen.

Wer sagt, dass es stupid ist, fragt jemand in verschliffener Sprache, ich weiß nicht, wer. Und Glotzen, überhaupt, was für ein Wort, fügt dieser Jemand hinzu.

Spätsommerlicher Morgen. Ein Apfelbaum. Auf einem Ast eine Blaumeise, die Flügel ausgebreitet, als würde sie ihren federbedeckten Bauch sonnen wollen.

Höher. Höher. Das Dorf liegt unter mir, als hätte ein Kind damit gespielt. Orgelmusik. Auf geht's nach unten. Während der neue Kirchenorganist mit den Füßen auf die Pedale tritt und mit den Händen die Tasten bespielt, höre ich pure, präzise Töne, sonst nichts. Nur von der gelegentlich vor den Mund gehaltenen Hand und aus dem Beben seines Brustkorbs schließe ich, dass er hustet. Wird er wie sein Vorgänger ebenfalls an einer Lungenentzündung sterben? Ein Windhauch streift durch die Bäume, Kiefern knarzen, ein startendes Auto. Gleichzeitigkeit, wenn ich will, oder: das Herz von Branka, ein hohler Muskel, ich höre es schlagen, sehe, wie das Blut vom Herzen zur Lunge gepumpt wird. Wenig später erblicke ich Kopf, Rumpf, Gliedmaßen – endlich ihre ganze Gestalt, so wie ich sie kenne. Die Geräusche um mich herum und in mir selbst werden lauter, fordernder, und es dauert, bis ich die Töne unterscheiden kann, das laute Gewisper der Toten, das Ausgesprochene und Gedachte der Lebenden. Ich registriere, dass Branka auf dem rechten Ohr nicht angesprochen werden will, sie hört dort schwer. Das Ergebnis eines kräftigen Faustschlags ihres Ehemanns. Will ich das wissen? Was macht das mit mir? Jäh taumle ich, ein Sinken folgt, ein Anschwellen, eine Wucht, alles ist so: ätherisch? Ich verharre vor dem Fenster von Röschen und warte. Sie liegt im Bett, der Atem rasselnd, trotzdem kräftig, ihr kleines Gesicht zerquält. Ich höre sie denken: Der Tod hat mich vergessen. Sie wünscht sich, es wäre Nacht, wenn der Tag beginnt, sie wünscht sich, nicht mehr aufzuwachen. Ich gerate in ein klopfendes, pulsierendes Geräuschgewitter, erblicke vor mir den Trommler, der seine Stöcke auf ein Becken drischt. Erst allmählich höre ich den Rhythmus heraus. Ich sehe ihn mir genau an: Ist er wirklich ein so schöner Kerl, wie die Frauen im Dorf behaupten? Er scheint Trost in seinem Spiel zu finden. Wer kann das schon von sich sagen? Ich drifte weiter, vorbei am Mühlenhof, dem Dorfanger, verharre vor der Hundehütte, das Rollschuhmädchen hockt neben dem alten Schäferhund und schluchzt. Kümmel leckt ihr die Tränen vom Gesicht. Obwohl ich länger bleibe, erfahre ich nicht, was passiert ist. Haben wir sie nicht als glückselig, als schönes Geschöpf wahrgenommen? Wenn sie mit ihren Rollschuhen durchs Dorf fuhr, oft laut singend, hielt sie an, wo immer jemand aus dem Fenster sah, und wünschte einen Guten Tag. Sogar Heinrich erklärte sie, wie die Welt lief, wenn man nicht betrunken war. Der bekam dann ein Funkeln in den Augen und verkündete ein paar Stunden lang, er werde den Alkohol nie wieder anrühren.

Ich schwebe weiter, puh. Was ist anders in unserem Dorf als früher? Haben die Menschen sich mit dem Land verändert? Was ist dazugekommen, was verschwunden? Und noch einmal: puh. Und dann erinnere ich mich, und es trifft mich wie ein Blitzschlag, dass ich es kann: wie ich als junger Kerl durch das Land trampte und einmal in einem Wald landete, der groß und unübersichtlich war. Nach stundenlangem Umherirren war klar, dass ich mich verlaufen hatte. Ich war erleichtert, als dieser Mann auftauchte, doch dann beschimpfte er mich, ich solle verschwinden, der Wald sei sein Eigentum. Ein Hohnlachen meine Antwort, vielleicht im Kapitalismus, schrie ich, aber hier sei der Wald Volkseigentum. Ich war vollkommen überzeugt, es konnte gar nicht anders sein, und später empfand ich eine große Fremdheit, als ich erfuhr, dass der Mann die Wahrheit gesagt hatte. Fremdheit, Scham über meine Gläubigkeit und Wut, und das war lange vor dem Mauerfall geschehen.

Der Trommler

Drums

Smoke On The Water

Deep Purple

Played By Ian Paice 1972

Walter

Mit dem Stirntippen haben sich mir neue, verwirrende Räume und Sinneseindrücke eröffnet. Als hätte sich ein Knoten in mir gelöst. Wenn ich unterwegs bin, bin ich unterwegs. Das Drinnen ist zugleich das Draußen. Ich weiß, es klingt kompliziert. Im Schweigen bin ich das Blatt, das vom Baum fällt. Der Morast im Teich. Ich bin das, was vergeht, zerfällt.

Manchmal schafft es jemand, sich im Spalt aufzuhalten, dem Übergang, erklärt mir Dr. Freud.

Das ist meine Vision, sagt Norbert.

Jetzt fängt er wieder mit seinen Molekülen an, sagt die Verrückte.

Es gibt Menschen, die können in Farben riechen, erwidert er.

Die Verrückte: Sie haben dir eins voraus, sie sind lebendig.

Man spricht von Synästhesie, sagt Dr. Freud.

Was willst du damit anstellen, in Farben riechen können, fragt die Verrückte.

Ich weiß es nicht, antwortet Norbert, aber ich will alles versuchen, um meiner Mutter nah zu sein.

Ich verschwinde. Es ist nicht so unhöflich, sich mitten in einem Gespräch an die Stirn zu tippen, wie ich anfangs dachte, eher wie eine stumme Verabschiedung.

Hinter der Dämmerung scheint die Nacht auf. Ein Fuchs schnüffelt am Waldrand durchs Unterholz. Die Häuser im Dorf wie weggeduckt. Bei Heinrich flimmert der Fernseher, er kippt seinen Schnaps und furzt. Am Fenster des Goldenen Ochsen hängt ein Schild: *Vorübergehend geschlossen*.

Endlich sehe ich die Eltern von Helen. Die Mutter sitzt an einem runden Tisch und legt Karten; ein altes Mädchen im Morgenmantel, lange, grauhaarige Zöpfe, Lippenstift, Zigarette. Der Vater liegt auf einem weinroten Samtsofa und liest, das Buch weit von sich haltend. Die Einrichtung wie aus einer anderen Zeit, überall Plüsch, goldgerahmte Gemälde, pompöser Stuck, Tapeten mit Kletterrosen, Straußenfedern in einer Vase. Auf der Kommode das Foto des jungen Brautpaars. Die Mutter war Anfang fünfzig, als sie Helen bekam. Und das Kind, so erzählte man im Dorf, soll kein Wunschkind gewesen sein. Wir haben nicht viel mitbekommen vom Leben hinter den großen und eng gewachsenen Buchsbäumen und der Mauer, die das dunkle Pfarrhaus umschließen. Wie haben sie all die Jahre in dieser Unsichtbarkeit verbringen können? Womit haben sie ihr Geld verdient? Wie war das möglich in einem ummauerten Land?

Helen kommt mit Rollschuhen ins Zimmer, wedelt

den Dunst zur Seite: Es stinkt, ruft sie und öffnet ein Fenster. Der Vater lässt das Buch sinken. Wir dachten, du bist im Internat, sagt er mit überraschend dünner Stimme, während sich das alte Mädchen, ohne von den Karten aufzuschauen, die nächste Zigarette anzündet. Ich höre nicht, was Helen denkt, sie scheint nicht traurig zu sein. Was wird in ihr vorgegangen sein, als sie mich gefunden hat mit dem Beil in meinem Kopf?

Ich gleite weiter. Im Mühlenhof schnauben die Kühe. Nelli sitzt auf der Treppe und raucht, dann füttert sie das Vieh im Stall. Leo hockt vor dem Computer, auf dem eine Spielwelt zu sehen ist, und lässt, wenn ich es richtig erkenne, Hühner Eier legen, die von einer Bäuerin eingesammelt werden.

Vor Wolfgangs Hof steigt Rauch auf. Der Biobauer steht am Feuer und wirft Lumpen, alte Plastikdecken und Bücher in die Flammen. Er ist barfuß, frierend oder fiebrig, das ist nicht auszumachen, er zittert am ganzen Körper, sein Blick ist gehetzt.

Ich umkreise die Kastanie auf dem Anger, Stare haben sich dort niedergelassen, am Teichufer ein Entenpaar aneinandergeschmiegt, unter den Apfelbäumen wurmstichiges Fallobst. Ich entferne mich nach oben, wachse aus mir heraus und wieder hinein, durchstoße die Wolken.

Ein schnelles Auf und Ab, ich verharre in einer Art Atempause im Badezimmer von Gabriela. Sie sitzt vor einem großen Spiegel und betrachtet ihre Brüste von allen Seiten, rechts am Kopf ein Haarnest. Ihre Unterarme sind kräftig, auf ihrer Oberlippe ein feiner

Schweißfilm, und als ich genauer hinsehe, ist es ein Bärtchen. Sie schaut traurig, als würde die Melancholie wie ein Gewicht an ihr hängen.

Inzwischen ist es dunkel. Die einzige Lichtquelle im Dorf ist der Fernseher von Heinrich. Er selbst schläft längst.

Wie so oft stehe ich vor unserem Haus. Und etwas in mir schnappt nach Luft. Der Tod bietet so viele Möglichkeiten, sich gehen zu lassen, einfach nur dahinzuschweben, dieses tun, jenes. Aber ich will meine Wut zurück, wenigstens das.

Gabriela

Sie sagte: Coco, ich trage ein Luderkleid. Bin ich schön, fragte Gabriela und drehte sich, bis ihr schwindlig wurde. Coco war eine Schildkröte, die gerade eine Art Schluckauf hatte. Ihre Anschaffung war ebenso anstrengend gewesen wie Gabrielas Scheidung. Damals hieß sie noch Gabriel, lebte in Uruguay und verliebte sich in eine Sächsin. Er wanderte aus und heiratete in Leipzig. Dann stellte sich heraus, dass seine Frau eine Tyrannin war und er ihr ein willkommenes Opfer. Letztlich ein hilfreiches Desaster, durch die Trennung konnte er sich endlich zu seiner weiblichen Seite bekennen. Schon bald konnte sich Gabriela nicht mehr vorstellen, ein Mann gewesen zu sein, so richtig fühlte es sich an.

Sie hatte ihre Geschichte Coco wieder und wieder erzählt, mal weinend, mal lachend. Doch war sie etwa von so weither gekommen, um hier festzusitzen, in diesem Nest? Denn ganz so einfach war es eben nicht gewesen. Depressionen, Kliniken, Operationen. Und nun: Coco. Sie hatte die Schildkröte anmelden müssen, mit Kaufbeleg, Datum und einem Foto des Geheges. Sollte sich Coco paaren wollen oder sterben, musste auch dies unverzüglich den Behörden mitgeteilt werden. Das angedrohte Strafgeld war mit zehntausend Euro reichlich bemessen. Sie liebte Coco. Es war wichtig, jemanden zu lieben. Und sie erblickte Gegenliebe im Gesicht der Schildkröte. Nicht immer, aber es kam vor. Manchmal schien Coco ihr etwas sagen zu wollen: Suhle dich nicht in diesem armseligen Leben! Ich kann deine Klagen nicht mehr hören. Mach was aus dir!

Am liebsten mochte sie Cocos Nasenlöcher und deren lächelnden Mund. Sie konnte stundenlang zusehen, wie Coco gemächlich Salatblätter zerkaute. Eisenalex hatte Aufnahmen von ihrem Gesicht gemacht. Auf einem Foto sah Coco E.T. verblüffend ähnlich. Längst hatte auch Gabriela erfahren, dass der berühmte Regisseur ins Dorf kommen sollte. Die Einzelheiten wurden unter den Leuten wie eine kostbare Ware gehandelt.

Gabriela bekam Unterstützung vom Staat und arbeitete nebenher auf Wolfgangs Biohof, holte Kartoffeln aus der Erde, versorgte früh die Wollschweine und Schafe. Obwohl Wolfgang ihr mit seinen merkwürdigen Aktionen auf die Nerven ging – er vergrub Kuhhörner in der Erde –, war sie gern auf dem Biohof.

Doch nun hatte sie zu träumen begonnen. Wo gab es schon eine Schildkröte mit dem Gesicht einer Kinolegende?

Gabriela hatte jetzt eine Vagina. Der Schamhügel musste noch aufgebaut werden, wobei sie das Geld eigentlich für eine zweite Brust-OP brauchte. Ihre Brüste waren beim ersten Mal zu klein geraten. Zweihundertfünfzig Gramm, ein halbes Stück Butter auf jeder Seite. Der Arzt empfahl ihr weit mehr Gewicht, bei ihrer Größe und den schweren Knochen. In ihren Tagträumen wurde sie jedoch von zarten Knochen getragen. In ihren Träumen konnte sie auch fliegen, obwohl sie wahrlich kein Vogel war. Allein ihre Füße: Schuhgröße 47.

Bist du müde, meine Süße, fragte sie, während sie sich ihres Luderkleides entledigte, ein grünes Seiden-Etwas, das über den Schultern spannte. Es galt den Sonntag zu überstehen, den schlimmsten Tag der Woche. Sie wohnte im Erdgeschoss eines Einfamilienhauses. Die Trauerweide vor dem Fenster sperrte das Licht sogar im Sommer aus. Sie hatte heute nichts weiter getan, als zu grübeln. Eine Facette dieser Grübeleien betraf Coco. Was würde geschehen, wenn der berühmte Regisseur kam und Coco schlief? Schildkröten schliefen gewöhnlich im Winter. Manchmal wurden die Grübeleien zu Sorgen, die sich zusammenballten und ihr den Schlaf raubten. Wozu die ganze Anstrengung, fragte sie sich. Was ist ein Mann, was ist eine Frau? Man stirbt sowieso, und der Körper vergeht. Also wozu das alles? Sie war fünfundvierzig und wusste nicht einmal, ob sie hübsch war. Im Spiegel kam ab und an ihr früheres Selbst zum Vorschein, das ängstlich höhnte: Du bist und bleibst ein Mann.

Nein, antwortete sie heute und zupfte sich die Augenbrauen, tupfte getönte Creme mit einem Wattebausch aufs Gesicht, zog die Lippen nach. Es war ihr so lange ein Graus gewesen, sich nackt zu betrachten – mit acht Jahren hatte sie sich den Penis mit einer Rasierklinge abschneiden wollen –, doch nun konnte sie sich sehen lassen. Sie legte sich auf den Boden, dicht neben die lächelnde Coco und verschloss das süße Mäulchen mit einem Kuss.

Walter

Obwohl Tote nicht riechen können, stelle ich mir den Geruch des Sommers vor. An mein Vorleben kann ich mich kaum erinnern, aber der Geruch des Sommers auf dem Land hat etwas Universelles. Stillgelegte Gleise, violett leuchtendes Unkraut, Alleen von Obstbäumen, reife Kirschen in verwilderten Grasstreifen. Große Ferien auf dem Land.

In der Nachmittagshitze sehe ich einen Jungen aus der Stadt an den mit Weizen überwachsenen Bahngleisen sitzen, umgeben vom Summen und Zirpen der Insekten, und für die Dauer eines Flügelschlags durchzuckt ihn das Bewusstsein der Sterblichkeit. Wer ist der Junge? Warum habe ich für ihn ein Mitgefühl, aber keines für mich?

In dem Alter warst du Pionier, sagt Bauer Lehmann, beim Fahnenappell hast du Lieder gesungen. Mitgefühl konnte sich niemand leisten. Du musstest dir deine Schulbrote selbst schmieren, dein Großvater hatte dafür keinen Sinn. Das war deine Schule, sagt er und zeigt auf das große Gutshaus, wo jetzt die Neuen wohnen. Und in der Kirche, kommt Bauer Lehmann auf meine Geburt zurück, was war das für ein Theater, deine Mutter hat gezetert, geschrien, das halbe Dorf hat deine Geburt begleitet. Sie hat natürlich übertrieben, sagt Bauer Lehmann, und ich will nicht fragen, was er damit meint. All diese Geschichten verstärken nur meine Unsicherheit. Er scheint einen anderen zu beschreiben, wenn er über mich spricht.

Was hat man als Toter, wenn nicht die Vergangenheit, frage ich.

Dr. Freud zuckt mit den Achseln, dass ausgerechnet er keine Antwort hat, gibt mir zu denken.

Und plötzlich, es ist wie ein Fingerschnipsen vor meinem Gesicht, fällt mir ein, wie Hilde mir Gedichte vorlas. Ich sehe das Muttermal in ihrem Gesicht, das den Umriss von Sibirien hat. Ich strecke die Hand aus, um es zu berühren, spreche laut ihren Namen.

Je mehr mir Bauer Lehmann über mein Leben erzählt, desto weniger verstehe ich. Sein Vokabular ist mir fremd. *Pflicht. Leistung.* Sogar die Formulierung: *Sozialistische Weltgemeinschaft.* Was hat das mit mir zu tun? Es klingt nicht nach einem gelebten Leben.

Das möchte ich den Menschen im Dorf zurufen: Sterbt nicht aus Überdruss. Es ist wie ein doppelter Tod. Erst das wie tot geführte Leben, dann der Tod selbst, der euch nichts von diesem Schrecken nimmt. So wie der Mann von Doris: Er starb vor Jahren und musste, wie Dr. Freud berichtet, in brütender Hitze über den Sonntag liegen, und der Mythos besagt, wer über den Sonntag liege, werde einen anderen nachholen. Wie wir wissen, stimmt das nicht. Jetzt im Totenreich ist sein Anblick wahrlich kein schöner. Tot sind wir alle, aber das Licht dieses Mannes ist völlig erloschen.

Doris

Wenn sie morgens gegen vier erwachte und sich das Unbehagen einnisten wollte, knipste sie das Glück der vergangenen Jahre an, da lebte ihr Mann noch. Sie ließ ihn schnell in den dunkelgrünen Lada steigen und in die Stadt fahren, ohne dass er etwas sagen durfte. Er war Hauptmann der Staatssicherheit, ein Arbeitstier, wortkarg, aber sie waren privilegiert durch seine Tätigkeit. Sie konnte tun und lassen, was sie wollte. Mitten in diesem verschlafenen Kaff. Sie durfte sogar ins kapitalistische Ausland reisen. Natürlich gab es auch andere, die reisen konnten, Bonzen, Künstler, aber das war etwas anderes, diese Leute hatten ihre Abmachungen. Der gewöhnliche Mensch durfte nicht einmal wegen eines Todesfalls ins kapitalistische Ausland, sondern musste bis zur Rente warten. In ihrer Kindheit hatte sie sich den Westen wie einen fernen Planeten vorgestellt, unerreichbar, sie hatte in der Schule von Paris und Andalusien erfahren, und allein der Klang dieser Namen reichte aus, sie sehnsüchtig werden zu lassen.

Sie war in Paris gewesen, und diese anhaltende Freude hatte noch Monate danach ihr Leben erfüllt.

Im Dorf durfte niemand von ihren Reisen wissen, es gab keine passende Erklärung, warum sie etwas durfte, was anderen verboten war. Sie konnte es nicht herausschreien, dass sie sich wie eine Königin fühlte. Anfangs brachte sie sich eine Menge Licht, Farben und Düfte von ihren Reisen mit. Andenken, die ihre Erinnerungen wachhielten und selbst öde Tage zum Leuchten brachten. Oft saß sie in ihrem Schaukelstuhl und blätterte in den westlichen Illustrierten. Sie begann sich anders zu kleiden, und fuhr zum Friseur in die Hauptstadt. Sie ersetzte die alten Gardinen gegen Brokatvorhänge, ihre Lippenstifte kaufte sie im KaDeWe. Überhaupt reichte ihr als Reiseziel irgendwann auch Westberlin. Sie verschenkte ihren Bernsteinschmuck, trug dreireihige Perlenketten wie Jackie Kennedy. Ihr Wohlgefühl wurde nur dadurch getrübt, dass sie ihre Reichtümer niemandem zeigen konnte. Das machte sie rastlos, und einmal hatte man sie im KaDeWe beim Stehlen erwischt. Daran wollte sie nicht zurückdenken. Es war ihr peinlich und stand sogar in der *Bild*. Nur weil ihr Mann die Beziehungen nach oben hatte, wurde sie nicht behelligt. Natürlich durfte man die Kapitalisten bestehlen, woran sie sich auch in Zukunft hielt. Sie hatte alles, was sie brauchte. Sogar Medikamente hatte sie sich aus Westapotheken besorgen können. Nur der verfluchte Fall der Mauer, der war mit dem guten Leben unvereinbar gewesen.

Walter

Durchhalten, weitermachen. Das hört sich so irdisch an. Menschen küssen kleine Katzen und führen Hunde an der Leine aus. Was wäre, wenn uns Wesen vom Mars beobachten könnten? Was sähen sie? Eine Gestalt, zweibeinig, führt eine Gestalt, vierbeinig, an der Leine – oder vielleicht andersherum. Wahrscheinlich aber dächten sich Wesen vom Mars gar nicht viel dabei, sondern würden sich einfach totlachen über uns.

Doch halt, hatte ich nicht selbst einen Hund? Juri, wo bist du?

Hundehimmel, sagt der Junge mit der Badehose.

Woher weißt du das, frage ich.

Er zuckt mit den Schultern und lächelt scheu.

Das erzählt man hier so, sagt die Verrückte.

Was erzählt man noch?

Ich bekomme wie so oft keine Antwort.

Die Neuen sind wieder mal auf dem Friedhof. Die Pfarrerin ist dabei. Es geht um die Flüchtlinge, die umgebettet werden sollen.

Welche Flüchtlinge, frage ich.

Die Vertriebenen sind damals an Hungertyphus gestorben wie die Fliegen, sagt Bauer Lehmann.

Und warum liegen sie nicht bei uns?

Es wurde so viel beerdigt, da kam keiner hinterher, es fehlte der Platz. Die Vertriebenen sind auf dem kleinen Waldfriedhof zur Ruhe gekommen, erklärt er.

Die gehören nicht zu uns, sagt Gerda Engel, ihre Stimme bebt.

Sie wurden einfach im Wald verbuddelt, sagt Norbert.

Himmelherrgott, habt ihr kein anderes Thema, flucht Hildes Mutter. Das Steinkind sagt laut: Aua, mehrmals hintereinander, und dieses Aua klingt, als hätte es einen leicht slawischen Akzent.

Das Rollschuhmädchen

Der Abendhimmel hing voller Sterne, ausgespuckt von einem Gott, an den sie nicht glaubte. Wind umstrich die Hundehütte, doch Helen spürte keine Kälte. Sie rückte näher an den hechelnden Kümmel. Die Welt war viel zu kompliziert, wie konnte es da nur einen Gott geben? Wahrscheinlich hatte er eine Armee von Stellvertretern, doch auch von denen hielt sie nichts, die brachten alles durcheinander. Das ist mein erster Toter, hatte sie gedacht, als sie den erschlagenen Walter fand. Etwas Besonderes hatte sie fühlen wollen. Das Universum sollte infrage gestellt werden. Doch nicht einmal der kleinste Schrecken hatte sie gestreift. Und dann die nervenden Fragen des Ermittlers, wieder und wieder, und erst sein Mundgeruch.

Sie lehnte den Kopf an Kümmels räudiges Fell und fixierte das Stubenfenster, hinter dem sie ihre Mutter vermutete. Sie konnte nicht glauben, wenn die sagte: Ich hab dich lieb. Ihr Körper sagte etwas anderes. Auch wenn es für Außenstehende nicht so aussehen mochte, war Helen sich sicher, dass hinter dem leicht amüsierten Lächeln ihrer Mutter eine große Gleichgültigkeit steckte. Woher sie das wusste? Ich weiß es einfach, sagte sie zu Kümmel, und es machte ihr kaum noch etwas aus. Außenstehende kamen schon lange nicht mehr. Die Putzfrau hielt das Haus in Schuss, der Gärtner den Garten, die Lebensmittel wurden geliefert. Mit sieben Jahren schon hatte sie nur noch vorgetäuscht zu beten: Ich bin klein, mein Herz ist rein, soll niemand drin wohnen als Jesus allein – amen. Weder Mutter noch Vater beteten, und in der Schule war ihr niemand bekannt, der es tat. Beten war das Einzige gewesen, worauf ihre Mutter bestanden hatte. Und einmal, da war Helen zwölf, hatte sie den Schlüpfer ihrer Tochter begutachtet und gesagt: Hab keine schlechten Gedanken. Der Mensch muss rein bleiben. Sie hatte sich nicht angesprochen gefühlt, wer war schon: der Mensch? Sie lebte längst in ihrer eigenen Welt und hatte schmutzige Gedanken nach Herzenslust.

Während ihr Vater manchmal lautlos Tränen vergoss, hatte sie ihre Mutter noch nie weinen gesehen. Es hatte gedauert, bis sie begriffen hatte, dass die Gleichgültigkeit ihrer Mutter ein Geschenk an die Tochter war: Helen würde sie nie enttäuschen. Sie war frei.

Sie hatte gelernt, das Fenster ihres Zimmers leise zu öffnen, um unbemerkt in der Hundehütte bei Kümmel zu übernachten. Aber dann war ihr klar geworden, es interessierte ihre Eltern nicht, wo sie schlief.

Sie mochte das Dorf, die Jungs, hatte sich sogar mit dem Leben im Internat angefreundet. Auch wenn ihr die meisten dort auf die Nerven gingen mit ihrer Handysucht und der Gier nach Markenklamotten. Helen trug die Hemden ihres Großvaters, den sie nie kennengelernt hatte, und ihr war bewusst, dass sie sich mit dieser Wahl von der Masse abzusetzen versuchte. Sie war erwartungsvoll, wurde zugleich von peinvollen Gedanken gequält. Was, wenn alles nur ein Spiel war? Tat sie Gutes oder Schlechtes nur um ihrer selbst willen? Es war so schwierig zu unterscheiden. Sie hatte vorgehabt, ein Tagebuch zu führen, aber nicht einschätzen können, ob sie es für sich oder andere schreiben würde. Was nur konnte sie tun, um nicht wie ihre Eltern zu werden? Den Verdruss des Vaters meinte sie mit Händen greifen zu können, obwohl er in ihrem Beisein so tat, als wäre das Leben eine komische Nummer. Ihre Mutter hingegen schien immun gegen alles, was sie nicht wollte. Lange bevor Helen geboren wurde, hatte sie als Schauspielerin gearbeitet, in einem Film spielte sie eine Lehrerin, und man merkte ihr so sehr das Bemühen an, die andere Frau darstellen zu wollen, dass es peinlich war. Und trotzdem, wie sehr hatte Helen sich gerade dieses Bemühen als Kind gewünscht.

Inzwischen mochte sie das stille Theater in ihrem Elternhaus, es war ihr vertraut. Sie war alt genug, um für sich selbst sorgen zu können und für Kümmel, dem sie gerade *Summertime* vorsang, und Janis sang mit, und sie hörte Eisenalex singen und Leo. Sie würde das Dorf verlassen, schon jetzt betrachtete sie vieles mit dem Blick der Erinnerung. Heimweh, was für ein schönes Wort, sie freute sich darauf.

Walter

Auf meinem abendlichen Rundgang durchs Dorf sehe ich die Geschäftigkeit hinter den Fenstern. Was sind Mahlzeiten doch für verlässliche Rituale. Die Menschen sitzen am Tisch und essen, lassen sich von den Nachrichten der *Tagesschau* einlullen wie von einer Gutenachtgeschichte.

Das Gemeindehaus ist hell erleuchtet. Während der Mann von Doris erstarrt vor dem eigenen Grabstein hockt, wuselt seine Frau noch herum. Sie trägt eine Kittelschürze, das Haar hängt ihr ungepflegt ins Gesicht. Früher war sie makellos gekleidet und schien sich, wie Bauer Lehmann mir erzählt hat, als die Königin des Dorfes zu fühlen. Jetzt ist sie Ortsvorsteherin, verteilt die Aufgaben und eine Handvoll Gelder. Niemand sonst wollte diese Arbeit übernehmen.

Ich vermisse Hilde, sage ich.

Sie hatte Erbarmen, als sie dich tötete, sagt Bauer Lehmann.

Nicht einmal auf meiner Beerdigung ist sie gewesen.

Habe ich sie je gekannt? Doch wer kann schon von sich sagen, dass er einen anderen Menschen kennt, dann müsste er der andere sein, sage ich.

Und wie auf ein Stichwort beginnt Bauer Lehmann zu erzählen: Dein Großvater war ein rechtschaffener Mann, war müde vom Krieg, trotzdem hatte er Pläne und Ziele, du warst sein Zögling. Er hat für Essen und Trinken gesorgt, für Milch, deren Haut du nicht mochtest. Die Mutter konnte er dir nicht ersetzen, aber er war für dich da. Für gute Noten bekamst du Zuckerwürfel. Deine Zähne hatten eine Menge Löcher. Nie ist dein Großvater mit dem Gesetz in Konflikt gekommen.

Hat er nicht im Krieg in der *Brotfabrik* gearbeitet, fragt Norbert.

Wir hatten es alle schwer, Bauer Lehmann zuckt mit den Achseln.

Die Brotfabrik, gleich neben Sachsenhausen, sagt Norbert, und seine Stimme hat einen Unterton, den ich bei ihm noch nicht gehört habe.

Bauer Lehmann redet einfach weiter. Dein Großvater wäre stolz auf dich gewesen, auf deinen Ehrgeiz, dein Pflichtgefühl. Ja, du hast an den Sozialismus geglaubt, und nach dem Mauerfall bist du dann stecken geblieben, wie so viele, die nicht zugeben konnten, dass ihr Lebenswerk umsonst war, all die Jahre. Du bist zerbröckelt wie das Dorf.

Ich verstehe kein Wort von dem, was er sagt. Was bedeutet Pflichtgefühl? Ehrgeiz? Warum sagt das ein Mensch über den anderen? Und was meint er mit

Rechtschaffenheit? Überhaupt, das ganze Kapitel über meinen Großvater.

Ich setze mich zu dem Jungen in der Badehose. Hast du gern Milch getrunken, frage ich.

Kakao, erwidert er, und ich sehe so etwas wie ein Leuchten in seinen Augen.

Florian

Während er langsam aus dem Traum erwachte, wollte sein Körper noch weiter in diesem Zustand verweilen. Erregt lag er da, bis ihm bruchstückhaft dämmerte, was das Wohlgefühl ausgelöst hatte. Er setzte sich auf, befühlte seinen steifen Schwanz. Es dauerte, bis er sich erinnerte: Starke männliche Arme hatten ihn durch die Nacht getragen, bevor das frühe Morgenlicht in sein Bewusstsein gesickert war. Eine Weile starrte er durch den Spalt der Gardine, unfähig, weiterzudenken, blinzelte ins Helle, sah aus den Augenwinkeln Amelie neben sich schlafen, das große, gerahmte Foto vom tanzenden Baryshnikov an der Wand, spürte sein Herz bis zum Hals schlagen: Seine Erektion hatte ein Mann ausgelöst, und dieser Mann war nicht … war doch … es war der junge österreichische Kanzler gewesen. Florian hatte ihn am Abend zuvor in der *Tagesschau* gesehen. Es dauerte abermals, bis er sich eingestand, dass der Traum ihn glücklich gemacht hatte.

Es war nicht einmal sechs Uhr und eine solche Stille

im Haus. Die Kinder schliefen. Er betrachtete Amelie, ihre weiße Haut, die aufragende Schulter, den langen, schmalen Arm, weit von sich gestreckt. Er liebte ihre Gestalt, den Geruch ihrer kupferfarbenen Haare, überhaupt die ganze mädchenhafte Amelie. Er atmete tief durch: keinerlei Ähnlichkeit mit dem österreichischen Kanzler. Ausgerechnet dieser reaktionäre Vollpfosten hatte ihn ... das war lachhaft. Er wollte sofort Amelie wecken und ihr den Traum erzählen. Es war ein Witz, nichts weiter.

Stattdessen stand er leise auf und ging in die Küche. Die Teller vom Abendessen standen noch auf dem Tisch, es roch abgestanden, er öffnete das Fenster. Das Rapsfeld leuchtete gelb. Die Luft war lau, eine Menge Vögel im Garten. Einer flog ganz nah heran, einen roten Latz vor der Brust. Florian streckte die Hand aus, und der Vogel sah ihm in die Augen und flog davon. Das musste er Amelie erzählen, es war unglaublich, der Vogel hatte ihn angeschaut, als wollte er ihm etwas mitteilen.

Er fand die Zigarette in der chinesischen Vase, zündete sie an und drückte sie nach drei Zügen wieder aus. Er hatte keinen Plan für den Tag, nur ein mulmiges, vertrautes Gefühl. Er hasste dieses Gefühl und versuchte, wie seine Therapeutin ihm geraten hatte, herauszufinden, was es ausgelöst hatte. Doch da war eine schwarze Wand, die ihn beim Denken hinderte, da kam er nicht durch. Ähnlich störrisch hatte er sich in der Schule beim Lösen der Mathematikaufgaben angestellt. Er war einfach nicht der Typ dafür.

Es war Sommer, sonntags. Im Dorf herrschte Geisterstille. Auf dem Friedhof würde es nicht weniger lebhaft zugehen, und dann fiel ihm die Umbettung ein, und ja: Sie musste vorangetrieben werden. Keine Diskussion mehr mit der Ortsvorsteherin, die sowieso von nichts eine Ahnung hatte.

Sein Nacken schmerzte, er ging zurück ins Bett und schmiegte sich an Amelie.

Schlaftrunken fragte sie: Was ist los?

Er küsste ihren Nacken und fragte: Wer von uns beiden hat eigentlich das Foto von Baryshnikov gekauft?

Na, du, zu unserem Zehnten.

Hochzeitstag?

Ja, was sonst. Sie drehte sich zu ihm und sah ihn an. Alles in Ordnung?

Das lag völlig nahe, dachte er, Amelie war Tänzerin gewesen.

Das Staatsballett gibt *Don Quixote*, ich werde Karten besorgen, sagte er. Und wir müssen die Umbettung angehen. Es muss endlich etwas getan werden.

Walter

Man lebt zusammen und sieht nicht, was den anderen ausmacht. Ich spüre eine große Verlassenheit. Schön wäre es, ich könnte mir einen Zugang legen, ähnlich einer Bluttransfusion, zu dem, was mein Leben war.

Gern würde ich Gedichte von Hilde lesen. Doch sie existieren allein in dem fremdsprachigen Buch bei Branka. Was kann ich noch tun? Es gibt kein anderes Leben mehr. Nur diesen einen Tod.

Ich betrachte den Jungen mit der Badehose. So jung gestorben, vater- und mutterlos. Was hat er erleben dürfen?

Aua, höre ich das Steinkind quengeln. So viele Jahre hat es in der Bauchhöhle von Gerda Engel verbracht, eingeklemmt zwischen Zwerchfell und den Verdauungsorganen. Seinen einzigen Zahn zeigt es freudig und oft, doch sobald der Junge mit der Badehose sich nähert, verschließt es den Mund. Hätte es Arme, wären sie feindselig verschränkt. Der Junge mit der Badehose will sich anfreunden, aber das Steinkind gibt sich verstockt.

Ich frage mich: Wo hat es die Ablehnung gelernt? All die Herkunftsgeschichten bleiben mir rätselhaft.

Ich versuche, mir mein Leben wie eine Art Weltkarte vorzustellen, nur ohne Kontinente und Länder, stattdessen übersät mit weißen Flecken.

Gerda Engel sagt, ich sei angekommen.

3

Ein verregneter Mittwoch. Zwei unbekannte Frauen gehen die menschenleere Dorfstraße entlang, trotz des Regens ohne Schirm. Sie scheinen kein bestimmtes Ziel zu haben und klingeln bei der Schriftstellerin. Es dauert eine Weile, bis sie die Tür öffnet und ins Freie tritt. Als sie die beiden als Zeugen Jehovas erkennt, macht sie mit einer unmissverständlichen Geste deutlich, was sie von ihnen hält, und geht zurück ins Haus. Die Frauen laufen weiter über die Dorfstraße, beide klatschnass, ein Windstoß fährt der einen in den Mantel, die Haare der anderen stieben auf, von hinten ähneln sie zerrupften Krähen. Es kommen kaum Fremde ins Dorf. Ich frage mich, was sie sich ausgerechnet von diesem Ort versprechen. Hans kommt auf Krücken an den Zaun, bleibt wortlos stehen, sein Blick so abweisend, dass die Frauen vorübergehen. Der Regen hat aufgehört. Es ist noch stiller als sonst, es kommt mir vor, als befinde sich das gesamte Dorf im Griff der erbarmungslosen Dauer. Dann huscht Herr Geist über die Straße, und die Vögel beginnen zu singen. Er geht zum Haus der Neuen, die längst keine Neuen mehr sind. Ihre Kinder sind im Garten und langweilen sich. Florian hat ihnen die Handys entzogen.

Das Mädchen sagt zu ihrem Bruder: Mann, was bist du behindert.

Er hat die Hände vors Gesicht geschlagen, es sieht aus, als ob er weinen würde, dann nimmt er die Hände weg und lacht laut.

Amelie sitzt in der Küche und entwirft eine Gästeliste, während Florian seine Rede am Computer durchgeht. Das Paar plant eine Prozession zum Friedhof, dort soll eine Gedenktafel zu Ehren der Flüchtlinge angebracht werden. Amelie ist besorgt, dass sich der Termin mit dem Besuch des Regisseurs überschneiden könnte.

Schatz, das wird nicht passieren, versucht er sie zu beruhigen.

Dem kann ich nur zustimmen. All die Pläne der Dorfbewohner ziehen sich in die Länge. Der Regisseur hat seinen Besuch mehrfach aufgeschoben, weshalb niemand mehr an sein Kommen glaubt. Wir sind gespannt, was es mit der Gedenktafel wird. Die zunächst geplante Umbettung ist gescheitert. Das Vorhaben hat bei uns für viel Gesprächsstoff gesorgt, doch inzwischen beschäftigen wir uns vor allem mit Branka. Sie hat vor, das Dorf zu verlassen. Der schöne Karl beobachtet sie tagein, tagaus. Am liebsten wäre ihm, ein zerstörender Sturm würde aufziehen oder eine Bombe das Haus über Branka explodieren lassen.

Dann hast du auch nichts mehr von ihr, sagt die Verrückte.

Gut, sie soll einfach im Ganzen sterben, erwidert der schöne Karl.

Inzwischen bin ich seiner Klagen überdrüssig. Warum kann er sich nicht für seine Witwe freuen?

Branka hat ihren Umzug für Herbst geplant. Sie trägt seit Kurzem figurbetonte Kleider, die ihr Dekolleté zeigen, das macht den schönen Karl noch unruhiger. Den Goldenen Ochsen hat sie verkauft, an wen, wissen wir nicht. Tatsächlich hat Karls Vater ihr ein so beträchtliches Vermögen hinterlassen, dass sie davon ein Frauenhaus in Hamburg eröffnen will. Ich wünsche ihr alles Glück der Welt, aber: Wenn sie geht, werde ich nie erfahren, woher sie das Buch hat. Ich stelle mir vor, dass Hilde auf der Tschuktschischen Halbinsel in der Kälte lebt, wie sie Holz hackt und das Buch zur Post bringt, mit ihren Gedichten, die ich zu Lebzeiten hätte lesen können. Jetzt übersetze ich mühsam eines davon, Wort für Wort, wenigstens das will ich verstehen. Tschuktschisch ist ziemlich aufwendig, eine schwierige Sprache.

Wenn Branka nicht gerade Kisten packt, studiert sie den Stadtplan von Hamburg oder schaut sich die Umgebung ihres Ziels im Internet an. Noch hat sie nicht das geeignete Haus gefunden. Der schöne Karl steht seufzend neben ihr. Er sieht Branka an, als wäre sie seine Königin, die ihn betrügt: Sie gehört mir, sagt er, so wie das Geld meines Vaters. Ich bin mir sicher, wenn er könnte, würde er sie auf der Stelle erwürgen.

Ein heller, heißer Sonntag im August, schon morgens brennt die Sonne erbarmungslos. Von der Straße aus sind wilde, wehklagende Laute zu hören. Ich trete näher und sehe, im Mühlenhof wird geschlachtet. Nelli hält einen orange-weißen Gummikegel vor ihren Bauch gepresst – die werden sonst im Straßenverkehr eingesetzt – aus der abgesägten Spitze schaut ein schreiender Hühnerkopf. Leo steht mit dem Beil in den erhobenen Händen neben ihr und wartet auf den geeigneten Augenblick. Zack, der Kopf des Huhns fällt zu Boden. Er nimmt seiner Mutter den blutigen Körper ab, taucht ihn in eine Wanne mit heißem Wasser, dann ist das nächste Tier an der Reihe. Im Schuppen beginnen sie, die Hühnerleiber zu rupfen und auszunehmen. Sie arbeiten schweigend, ein eingespieltes Team: Mutter und Sohn. Mittags sitzen sie draußen am Tisch und löffeln eine Suppe mit großen Fleischstücken und Kartoffeln. An einem Seil hängen die nackten kopflosen Hühner.

Sehen mager aus, sage ich zu Bauer Lehmann.

Sind ja auch Suppenhühner, antwortet er.

Ich kann mich nicht erinnern, jemals ein solches Gemetzel erlebt zu haben.

Oh doch, das hast du, entgegnet er. Es waren drei Hühner, die dein Vater geschlachtet hat, und du hast geflennt, als wären es deine Geschwister gewesen.

Als ich es mir vorzustellen versuche, erscheint plötzlich ein Bild: Ich, ungefähr sechsjährig, wische mir die Tränen aus den Augen. Ich sehe die Seelen der Hühner aufsteigen, eine Säule aus federleichten roten Flöckchen. Sie erreichen die Wolken, hinterlassen dort rötliche Abdrücke, ehe sie weiter aufsteigen, hoch in die Unendlichkeit. Mein Leben war also nicht trostlos, und einen Moment streift mich so etwas wie Glück. Das Weiß auf meiner Lebenskarte färbt sich.

Am Himmel der abnehmende Mond. Dr. Kies liegt im Schlafanzug auf dem Sofa und kreist mit der Hand über seinem blassen, aufgeblähten Bauch.

Warum bist du nicht in deinem Bett, fragt seine Frau.

Sie haben seit Jahren getrennte Schlafzimmer. Er verbringt die Nächte in einem großen holzgetäfelten Raum, das Bett steht in der Mitte. Sie hat sich ein Stockwerk höher im ehemaligen Gästezimmer eingerichtet.

Ich habe Bauchschmerzen, antwortet er.

Mach dir eine Wärmflasche, erwidert sie.

Er schließt die Augen und flüstert etwas.

Was sagst du? Sie hat sich einen bissigen Ton angewöhnt, während seiner nun oft ins Wehleidige abdriftet.

Er dreht ihr den Rücken zu, dabei wünscht er sich, von seiner Frau gehalten zu werden.

Er hat es vermasselt, sagt die Verrückte.

Ich mag es nicht, wenn sie kommentiert, was ich berichte.

Wind trägt Musik vom anderen Straßenende herüber. Der Trommler übt sich an seinem Lieblingsstück, mit einem lauten Wirbel beendet er sein Spiel.

Die Schriftstellerin hockt auf dem Boden, der bedeckt

ist mit behördlichen Papieren, Briefumschlägen, Rechnungen. Sie dreht den Kopf hin und her, als wäre ihr Nacken steif, und gerade als sie mit der Faust auf die Dielen schlägt, kommt der Trommler herein.

Warum schaffen wir es nicht, so zu leben, als wäre jeder Tag der letzte, fragt er.

Weil es Steuererklärungen gibt, antwortet sie und deutet auf das Papierchaos.

Seit Tagen arbeitet Eisenalex an einer Handtasche. Dreizehn Hausmäuse und zwei Gelbhalsmäuse mussten ihr Leben für dieses Projekt lassen. Nachdem er die Felle aufgespannt, getrocknet und desinfiziert hat, hat er sie durchweicht und nach der Leipziger Zurichtung mit Kochsalz und Schwefelsäure behandelt. Leipziger Zurichtung, allein diese beiden Wörter scheinen ihn zum Fachmann zu machen, er hat großen Respekt vor sich selbst. Die Steppnähte sind durchgenäht, mit dem Innenfutter hat er Schwierigkeiten. Er will die Tasche Helen zu Weihnachten schenken. Jahrelang hat er mit seinem Metalldetektor die schönsten Schmuckstücke für sie aufgespürt, Ringe, Armbänder, Münzen – und alte Granaten. Etwas stimmt mit der Tasche nicht, er riecht daran, schüttelt angewidert den Kopf. Er geht ins Bad und besprüht sie mit einem Deo. Ich kann mir vorstellen, wie sein Geschenk riecht, wenn ich ihn ansehe: ungewaschen und müde, das Hemd seit Tagen nicht gewechselt.

Bipolarchen lehnt am Waschbecken vor dem Spiegel. Sein Gesicht ist tränennass, es schüttelt ihn, er kann nicht aufhören zu weinen. Schließlich kann ich sehen, was ihn verstört. Das Muster auf seiner Stirn ist kein Abdruck vom Schlaf, es ist ein neues Tattoo. Stacheldraht zieht sich von seiner linken bis zur rechten Schläfe, eine Dornenkrone aus teerschwarzen Stichen. Was ist nur los, fragt er mit tränenerstickter Stimme. Er reibt sich die Stirn, holt einen Topfkratzer aus der Küche, reibt weiter. Es dauert nicht lange, und die Haut bekommt blutige Risse. Er geht schwer atmend in den Garten, bleibt unter dem Licht der Laterne stehen. Regentropfen prasseln auf seinen Kopf, waschen ihm das Blut von der Stirn. Er hebt die Arme, schlaff und resigniert, wie ein Boxer nach erfolglosem Kampf.

Ach, wenn ich ihn doch nur am Schlafittchen packen und zurückreißen könnte vom Rand dieser Nächte.

Das ist keine Option, sagt die Verrückte.

Gibt es denn niemanden, der ein normales Leben führt, fragt der Graukopf.

Ein normales Leben, was soll das sein, erwidert die Verrückte gelangweilt.

Gabriela träumt. Sie trägt ein langes Kleid mit einem Schlitz an der Seite und knallrote Schuhe. Sie tanzt mit einem Mann. Er kommt nicht von hier, sieht aus, wie ich mir einen Franzosen vorstelle. Sie tanzen in der Mitte eines großen Saals, ihr Publikum steht am Rand und sieht ihnen zu. Während Gabriela dahingleitet, zerbrechlich wie aus Porzellan, drängt ihr Tänzer sie mit festen Schritten aus dem Saal hinaus, durch einen endlos langen Flur bis in eine von Neonlicht erleuchtete Toilette. Er stellt Gabriela mit dem Gesicht zur Wand, versucht, ihr das Kleid am Rücken zu öffnen, und als es nicht gelingt, zerfetzt er den Stoff, und sie lässt es geschehen. Ich sehe ihr rechtes Ohr pulsieren, als wäre dort ihr Herz. Folgsam hebt sie die Arme, doch als sie sich umdrehen will, ihrem Tänzer zuwenden, drückt er ihren Kopf an die Wand. Das hat nichts mehr mit einem Tanz zu tun. Der Mann ist kräftig, seine Hände dulden keinen Widerstand. Er strengt sich an, seinen Penis in ihren Hintern zu stoßen, Gabriela schreit, versucht, sich aus der Umklammerung zu lösen, er jedoch hält sie fest, kennt kein Erbarmen. Der Tänzer verschwindet, das Publikum kommt näher, ein tosendes Klatschen, Gabriela taumelt aus der Toilette, der Raum um sie herum wird riesig. Hinter ihren Lidern zuckt ein letzter Traumrest, dann öffnet sie die Augen.

Ich lerne weiter Tschuktschisch. Selbst wenn ich die Wörter übersetze, entsteht noch lange keine stimmige Zeile, geschweige denn ein Gedicht. Die Schriftstellerin arbeitet morgens, aber von ihr erfahre ich wenig über die Funktionsweise des Schreibens. Sie sitzt vor dem Computer und starrt vor sich hin. Sie atmet schwer oder hält die Luft an, was sie selbst nicht zu bemerken scheint. Und sie ist zornig. Sie kaut ihre Nägel herunter, knirscht nicht nur nachts mit den Zähnen. Ihr

Gesicht erhellt sich, wenn sie einen Vogel im Garten sieht. Da muss ich an Hilde denken, mir ist so, als hätte auch sie Vögel gemocht. In einem wiederkehrenden Traum der Schriftstellerin enden ihre Beine an den Knien, und es ist mehr ein Hüpfen als ein Gehen, wenn sie sich fortbewegt. Am Ende des Traums rammt sie ihre blutigen Stümpfe so lange in den Boden, bis er nachgibt und sie in die Tiefe stürzt.

Leo mistet den Kuhstall aus. Statt Kindergärtner ist er Rinderzüchter geworden. Die Lehrzeit ist kürzer, zudem sind keine Kinder in der Nähe. Er denkt oft an Pede. Er weiß, niemand stirbt an einem Blinddarm, der völlig intakt ist, und eigentlich sollte auch niemand wegen einer dämlichen Wette sterben. Sein Bruder hat nicht viel erleben dürfen. Leo stellt sich manchmal Pedes Stimme vor, wie sie klang, wenn sie miteinander spielten. Er ist verantwortlich für seinen Tod. Es wird ihm klarer, je älter er wird. Er kann sich niemandem anvertrauen, nicht einmal Eisenalex. So schreibt er alles in sein Tagebuch, das er unter einem losen Brett im Dielenboden versteckt. Wie nennt man einen, der sich freiwillig quälen lässt? Aber nein, er ist kein Masochist. Leo hat oft das Gefühl, dass Pede ganz in der Nähe ist, er summt dann eine bestimmte Melodie. So wie jetzt, dabei bin ich es bloß.

Heute ist Bremsenabend. Obwohl die Pferde mit weißen Streifen bemalt sind und wie Zebras aussehen, scheuen sie nervös und versuchen, den Attacken der Insekten auszuweichen. Leo ist mit blutigen Stichen übersät, doch er benutzt nicht einmal seinen Speichel, um den Schmerz zu lindern.

Helen fährt auf Rollschuhen durchs Dorf, was nur noch selten geschieht. Sie hat ihren Kopf mit der Hundeschermaschine bearbeitet und gefärbt, ihr raspelkurzes Haar schimmert blau unter einem Himmel, an dem die Wolken wie Lumpen hängen. Nieselregen hüllt seit Tagen Straßen und Häuser ein, sogar der Teich liegt verschlammt und öde da. Eine Atmosphäre von Apathie hat das Dorf befallen.

Helen hält vor dem Haus der Ortsvorsteherin und klingelt.

Grüß dich, sagt sie, als diese öffnet, ich will die Eier abholen.

Komm rein, sagt Doris, du bist ja pitschnass.

Ich warte lieber draußen, erwidert Helen und breitet die Arme aus, dreht Kreise wie eine Eiskunstläuferin.

Hier, sagt Doris, reicht ihr die Packung mit den Eiern und nimmt das Geld.

Helen sagt: Es ist schön, dass die syrische Familie in unser Gemeindehaus einzieht. Endlich ist was los.

Was meinst du damit, fragt Doris überrascht.

Sag bloß, du weißt es nicht. Helen winkt, dreht sich um und fährt los.

Sehe ich da Schalk oder sogar einen Anflug von Verschlagenheit in ihren Augen? Binnen weniger Stunden hat Helens Mitteilung den Stillstand im Dorf aufgehoben. Die Reaktionen sind vielfältig.

Florian: Bitte nicht hier, nicht vor unserer Haustür.

Heinrich steht vor dem Gemeindehaus, eine Flasche Schnaps in der Hand. Er ist bereit, Brüderschaft zu trinken.

Bipolarchen hat seine besten Schuhe angezogen.

Auf dem Mühlenhof repariert Nelli ein Fahrrad für die syrische Familie.

Schlucki versucht das Fenster zu öffnen, das seit Jahren klemmt.

Dr. Kies sagt zu seiner Frau: Wir werden uns einen Hund anschaffen.

Wolfgang vergräbt nachts vor der Schwelle des Gemeindehauses Wolfszähne in der Erde.

Eine Prozession läuft durch unser Dorf. Die Pastorin vorneweg, Florian und Amelie tragen eine Gedenktafel, auf der steht: *Zur Erinnerung an jene, die in den Kriegswirren bei uns ihr Leben ließen und im kleinen Waldfriedhof beerdigt worden sind.* Hinter ihnen laufen Bipolarchen mit Kopfverband, Gabriela in einem roten Kleid, Doris, ein unbekannter Fotograf sowie irgendwelche Freunde von Amelie und Florian. Er befestigt die Tafel, die Pfarrerin hält eine Rede, es fallen die Worte: Deportation, Vertreibung, Zwangsumsiedlung und immer wieder: Hingehörigkeit.

Der Buschfunk unter den Toten scheint zu funktionieren. Gott sei Dank findet nur die Prozession, nicht aber die Umbettung statt. Kaum einer will den Ort verlassen, an dem er beerdigt wurde, weiß Bauer Lehmann.

Es ist gut so, wie es ist, sagt Gerda Engel. Das Steinkind quengelt und starrt wachsam in Richtung Wald – aua, sagt es in einem fort und entblößt seinen grauen Eckzahn. Ich betrachte seine Mutter: Sie ist eine alte Frau, rosa Kopfhaut unter sorgfältig frisiertem Haar. Ich vermute, dass der Vater des Steinkinds auf dem kleinen Waldfriedhof beerdigt liegt. Gerda Engel war jung, als er starb.

Die Schriftstellerin ist wütend. Sie hat sich mit dem Trommler gestritten und fährt mit dem Rad rasend die Hügel hinauf und hinab, sie scheint mehr zu springen, als zu fahren, zornig rennt sie drei Runden durch das Dorf, danach hört sie laut klassische Musik – Gustav Mahler, die Vierte – und raucht eine Zigarette nach der anderen.

Gabriela sitzt aufgeregt vor ihrem Computer. Auf dem Bildschirm ist ein Mann zu sehen. Sie reden miteinander. Er möchte mit ihr nach Venedig reisen. Gabriela erwidert, dass sie noch nie in Venedig gewesen sei. Am Klang ihrer Stimme erkenne ich, dass sie über diesen Umstand sehr zufrieden ist.

Röschen hat eine Tasse in der Hand, trinkt aber nicht. Sie stellt die Tasse ab, betrachtet ihre Hände, die fast durchscheinend sind. Sie isst kaum noch, trinkt wie ein Vögelchen, ihre Knochen sind leicht wie Staub. Sie hat einen tiefen Widerwillen gegen jeden Sonnenaufgang.

Wolfgang steht bis zum Hals in stetig steigender Seifenlauge, doch kurz bevor die Flüssigkeit seine Lippen erreicht, erwacht er aus dem Mittagsschlaf. Er geht zum Waschbecken und spült sich den Mund, ohne zu wissen, was ihn im Traum umgetrieben hat. Draußen brüllen die Kühe. Wolfgang sieht aus, als ob er wüsste, dass sein Hof dem Untergang geweiht ist, wenn er so weitermacht. Doch er ist wie gelähmt. Gestern hat er Gabriela nach Hause geschickt, er hat kein Geld mehr, sie zu bezahlen. Es ist ihm egal, dass die Tomaten verdorren, die ohnehin angefressen sind von Raupen und Trauermücken. Das Leben ist ihm ein einziges Durchhalten geworden. Seine detektivische Neugierde hat sich aufgelöst. Er denkt nicht mehr daran, mit einer Frau den Hof zu führen. Frauen erschlagen ihre Männer. Stattdessen hat er es nun mit Göttern. Er hält sie für die älteste Stammesform der Menschen.

Die dicke Hubert hat mächtig abgenommen. Ihre Bewegungen aber sind noch die einer Dicken. Sie geht, als würde sie durch Sirup waten. Ihre Mimik ist leer, wie erloschen. Selbst auf der Waage macht sie keinen zufriedenen Eindruck. Sie nimmt nur noch kleine Portionen zu sich, die sie vorher lange beäugt, als könnte das Anschauen sie schon satt machen. Inzwischen hat sie mehrere Briefe von dem berühmten Regisseur bekommen, die zweisprachig verfasst sind, englisch und deutsch. Er wird sie besuchen, das scheint festzustehen, nur der Termin ändert sich ständig.

Hans sitzt auf dem Sofa, der Fernseher läuft, seine

Prothese neben leeren Pizzakartons. Er bedient sich aus einer Chipstüte, sein Mund öffnet und schließt sich, trinkt Cola, rülpst.

Seine Mutter sagt: Mir ist seit Tagen übel, kannst du mich morgen in die Stadt zum Arzt begleiten?

Er antwortet: Kannst du dafür sorgen, dass kalte Cola im Kühlschrank steht.

Branka hat den Kaufvertrag für das Frauenhaus unterschrieben. Vor ihr steht ein Glas Wein. Sie steckt den Vertrag in einen Umschlag und prostet sich selbst vor dem Spiegel zu. Hundertzwanzig Schutzplätze im Bezirk Altona. Die Umzugskisten sind gepackt, bis auf ein paar Kleinigkeiten. Sie kommt mir vor wie eine andere, fröhlich, ihrer selbst gewiss, kein Lachen mehr hinter vorgehaltener Hand.

Der schöne Karl ist niedergeschmettert. Sie will mir den Todesstoß versetzen, sagt er, und niemand traut sich zu kichern. Wir versuchen ihn abzulenken, doch nichts da, er beharrt störrisch und gereizt darauf, dass Branka hierzubleiben habe, was so viel heißt wie: zu sterben hat, in seiner Nähe.

Die Schriftstellerin ist panisch. Die Hände über dem Tastenfeld zittern. Lieber sterbe ich, als das zu schreiben, sagt sie laut. Sie verbringt die Nächte oft schlaflos, steht früh zerschlagen in der Küche, macht sich Kaffee und schaltet den Computer ein. Eigentlich wird sie ruhig, wenn sie an ihrem Arbeitsplatz sitzt, deshalb erstaunt mich der heutige Ausbruch. Sie hat eine chronische Gastritis, ihr ist übel. Ihre Seele befinde sich im Magen, hat sie dem Trommler einmal erklärt, auch, dass es ihr schwerfalle, glückliche Menschen darzustellen, weil sie gar nicht wisse, was das sei: Glück.

Obwohl ich jede Vokabel aus Hildes ersten Gedichtzeilen einzeln übersetzt habe, ergeben die Wörter für mich keinen Sinn.

Leo sitzt bei Eisenalex in der Scheune, das Tor weit geöffnet. Regen fällt in den warmen Herbstabend.

Wie alt wäre Pede heute, fragt Eisenalex.

Drei Jahre älter als ich, erwidert Leo laut gähnend.

Ich habe euch als Kinder beim Wettlauf gesehen, dein Bruder war schneller. Was würden wir tun, wenn er hier wäre?

Keine Ahnung, dasselbe wie immer, Karten spielen, zocken, reden, was sonst?

Wie würde er aussehen? Hätte er eine Freundin?

Warum willst du das wissen? Leos Stimme klingt gereizt.

Ich liebe nur Helen, aber sie will mich nicht. Hab ich längst begriffen. Eisenalex steht auf und geht durch die Scheune. Helen wird mal ganz groß. Sie ist einfach cool.

Cool sein reicht nicht, sagt Leo.

Eisenalex nimmt zwei Bier aus dem Kasten, gibt seinem Freund eins. Ich wünschte, ich wäre wie sie.

Ich wünsche mir eine Revolution, sagt Leo.

Da kannst du gleich an Gott glauben.

Wieso das?

Hier bei uns eine Revolution? Gegen wen und für was denn? Eisenalex lacht, er kriegt sich gar nicht mehr ein.

Unsere Eltern haben was erlebt. Mein Vater spricht heute noch vom Prager Frühling.

Prag, wieso war der da, fragt Eisenalex.

Meine Mutter ist Tschechin, schon vergessen? Ich wünschte, was Großes würde passieren, etwas, das uns aus dem Trott reißt, Krieg von mir aus oder eine Invasion aus dem All.

Oh ja, ich könnte Helen retten.

Ich mein es ernst, sagt Leo.

Eisenalex greift ein Glas aus dem Regal und reicht es ihm. Sieh mal, den ganzen alten Schmuck habe ich aufgespürt.

Das wird dich nicht reich machen, sagt Leo.

Wir könnten was erfinden, überlegt Eisenalex, einen neuen Tag zum Beispiel. Wie wäre es mit dem vierunddreißigsten September?

Warum vierunddreißig, fragt Leo, und sein Kiefer knackt beim Gähnen.

Meine Glückszahl.

Was machen wir an dem Tag?

Alles anders.

Und was?

Wir probieren Sachen aus, wie …

Wie was?

Wir trampen an die Ostsee, heuern auf einem Fischkutter an, und dann …

Fischkutter, sagt Leo und steht auf, um das nächste

Bier zu holen. Warum wird man überhaupt geboren, fragt er. Für welche Idee würdest du sterben?
Eisenalex zuckt die Achseln.

Helen steht an der Bushaltestelle, trägt einen großen Rucksack auf dem Rücken. Darin ist alles, was sie für die Weltreise braucht. Sie hat bis spät in die Nacht mit Eisenalex und Leo geraucht und getrunken, und nun steht sie ein wenig wacklig auf den Beinen. Ja, natürlich melde ich mich, hat sie den Jungs versichern müssen, sie machten sich Sorgen und schienen sich kein bisschen zu freuen. Ihr hört euch an wie alte Männer, sagte sie zum Abschied. Die erste Station auf ihrer Reise soll Taschkent in Usbekistan sein. Von dort, hat sie den beiden erklärt, werde es weiter nach Indien gehen. Das *Warum* dieser Reise hat sie nur mit einem *Warum nicht* beantwortet.

Heinrich trinkt schon früh. Seine großen roten Ohren leuchten. Auf dem Tisch steht eine halb volle Flasche Stonsdorfer. Als er das Fenster öffnet, kneift er die Augen zusammen, als wäre der Tag zu hell, obwohl dunkle Wolken auf den Dächern liegen. Er entdeckt auf dem Rasen Bipolarchens Kater und ruft laut dessen Namen. Carlo fixiert einen zerzausten Vogel, lässt sich nicht beirren. Heinrich hat Flecke im Gesicht, ihm wachsen Haare aus Nase und Ohren, sein Bauch erscheint mir gewaltiger als sonst, die Beine ziemlich dünn. Er hat den Ein-Euro-Job endgültig verloren, und bei der Feuerwehr haben sie ihn rausgeschmissen. Mit glasigem Blick verfolgt er ein Quizduell im Fernsehen, manche Antworten hat er schneller parat als die Kandidaten. Bei der Frage, welches Land 1998 die Fußball-WM gewonnen hat, schreit er laut: Frankreich, hebt jubelnd die Arme.

Mit jedem Schluck wird er ruheloser. Er schaut aus dem Fenster, zappt durch die Sender, trinkt, raucht und hustet, als wäre sein Atem verknotet. Schon zur Mittagszeit steht eine zweite Flasche Stonsdorfer auf dem Tisch, und Heinrich hat das verdrießliche einsame Säufergesicht. Als es draußen zu stürmen beginnt und er das Fenster schließen will, springt blitzschnell der Kater herein. Blödes Vieh, sagt Heinrich erschrocken, geht dann aber zum Kühlschrank und klaubt zwei alte Pizzastücke heraus. Er lockt den Kater zum Sofa und füttert ihn. Während Carlo gierig frisst, beugt er sich zu ihm und flüstert etwas nahe seinem Ohr mit sanfter Stimme. Der Rücken des Katers hebt sich, Heinrich lächelt trunken, versonnen, Carlo dreht sich und schlägt die Krallen in dessen Arm und dann die Zähne.

Im verlassenen Neubau am Dorfende ist nur ein Fenster erleuchtet, Erdgeschoss, links. Ich frage mich, was Schlucki von Heinrich unterscheidet und ob die Antwort auf diese Frage entscheidend ist. Schlucki geht zum Pinkeln nach draußen. Ich habe ihn noch nie ein Wort sprechen hören. Sein Gesicht ist zerfurcht, ihm fehlen einige Zähne. Ab und an greift er sich an den Schädel, als würde darin ein Ungeheuer hausen.

Wie kann man sein Leben nur so wegwerfen, fragt Gerda Engel.

Jeder hat das Recht auf Verwahrlosung, erwidert der Graukopf.

Ob sich was ändern würde, wenn sie wüssten, dass es hier genauso weitergeht, fragt Pede.

Die Verrückte: Ich hatte solche Angst, eine alte Frau voller Sehnsucht zu werden. Nun bin ich das auf ewig.

Röschen sitzt auf der Bank vor dem Haus. Ihr Haar ist gekämmt, sie singt ein Kinderlied, neben ihr steht Norbert und summt leise mit. Wir alle wissen, was er denkt: Sie soll durchhalten. Er studiert seit Monaten die Gerüche des fauligen Zerfalls, stundenlang steht er vor Klärgruben, Jauchesümpfen, von Schimmel befallenen Mauern oder Tierkadavern. Er wünscht sich, dass sie ihn während ihres Sterbens erkennt, als wäre es eine Geburt. Doch seine Mutter will weg. Die Sehnsucht nach ihrem Sohn ist zu einem Rest von Traurigkeit geschrumpft.

Die Schriftstellerin sucht Pilze im Wald. Keine dunklen, zornigen Selbstgespräche mehr, stattdessen Ruhe und Helligkeit. Wenn sie einen Pilz entdeckt, bleibt sie stehen und sucht den Boden ab, meistens findet sie noch andere in der Nähe. Ihr Korb ist bald randvoll, ihr Herz schlägt sanft, als wäre der Wald ein geschützter Ort, eine Wirklichkeit, der sie trauen kann. Auf einem Lichtfleck lässt sich ein Schmetterling nieder, wie ein

Fächer öffnen und schließen sich seine blau schimmernden Flügel. Wir bestaunen ihn beide.

November. Ein beißender Wind fegt durch die Straßen. Schon vormittags fällt die Dämmerung wie eine graue Last ins Dorf. Dr. Kies starrt auf die leere Leinwand. Seit er in Rente ist, scheint er nicht die geringste Lust auf einen Pinselstrich zu haben. Nachts steht er vor dem Kühlschrank, nimmt Butter, Käse, Quark heraus und deckt den Tisch, an dem er frühmorgens alleine isst. Seine Frau reist zu ihren Ausstellungen, nie fragt sie, ob er sie begleiten möchte.

Branka sitzt auf gepackten Kisten, während Gabriela am Fenster steht und raucht. Nebelschwaden ziehen im Mondlicht vorüber, verschwinden hinter den Bäumen am Horizont.

Danke für deine Hilfe, sagt Branka.

Gern geschehen, erwidert Gabriela, in zwei Wochen erwartet dich ein neues Zuhause.

Und du, fragt Branka.

Oh, Venedig war schön, sagt Gabriela und bläst den Rauch aus dem Fenster. Er hat mich gefragt: Heiratest du mich? Aber ich war nicht wirklich dabei, verstehst du? Es war wie hinter einer Glaswand. Es ist so eine Sache mit dem Zuhausesein, ich weiß nicht, welche Straße hinführt.

Leo hat eine Postkarte von Helen bekommen. Darauf ist ein Inder vor einem Hindutempel zu sehen; sie kündigt einen Gast für die Weihnachtszeit an: *Es ist ein Freund, den ich hier kennengelernt habe, nehmt ihn auf, als wäre ich es,* schreibt sie.

Das laute Hupen klingt wie ein Fehlgeräusch in dem seit Tagen anhaltenden Nieselregen. Als die Jalousie des rollenden Supermarkts schwungvoll hochgezogen wird, steht Schlucki bereits da. Der Verkäufer reicht ihm die Plastiktüte, und während er das Geld nachzählt, ist Schlucki schon wieder auf dem Sprung, ein unsicheres Staksen, seine Hände zittern.

Doris möchte eine bestimmte Erdbeersorte, sie hat so ihre Vorstellungen.

Erdbeeren im Winter, fragt Eisenalex und tritt eine Kippe aus.

Warum denn nicht, erwidert die Ortsvorsteherin streng, als wollte sie jeden weiteren Kommentar unterdrücken.

Der Verkäufer hat natürlich keine Erdbeeren und schon gar nicht die gewünschte Sorte.

Im KaDeWe gibt's sicher welche, sagt Eisenalex schnippisch.

Doris tut so, als hätte sie nichts gehört.

Hans rollt heran und verlangt zwei Gläser Erdnussbutter.

Eisenalex hält ihm die Zigarettenschachtel hin.

Er nimmt eine, bedankt sich, sagt ungefragt: Sieht ganz danach aus, wahrscheinlich übernächsten Monat. Er wird mit seiner ganzen Entourage hier aufschlagen.

Glaubst du, der kann sich meine Fotos ansehen, will Eisenalex von ihm wissen.

Wird sich einrichten lassen, erwidert Hans und zeigt auf das graue Pelzding, aus dem Eisenalex seine Münzen klaubt. Was ist das?

Meine Geldbörse, selbst gemacht aus Mäusefellen. Ein Anflug von Stolz pulsiert in seinem Gesicht. Wann genau will er kommen?

Hans winkt ab. Wird sich zeigen.

Vielleicht können wir einen Film von ihm sehen, um uns vorzubereiten, sagt Amelie und stellt ihren Regenschirm unter dem kleinen Vordach ab.

Wen meinen Sie, fragt Eisenalex und sieht Hans an.

Alles andere haben wir ja besprochen, fährt Amelie fort und sieht nun ihrerseits Hans an. Sie kauft eine Tüte Zucker. Behalten Sie den Rest, sagt sie zum Verkäufer, der jedoch darauf besteht, ihr die vierzehn Cent herauszugeben.

Herr Geist huscht über die Straße. Das Nieseln geht in einen plätschernden Regen über.

Wolfgang reckt die Faust, als wollte er die Rauchwolken aus der Feuerstelle durchstoßen. Er zerreißt den Brief, in dem sich der Tierschutz ankündigt, und wirft ihn in die Flammen. Der Funkenschlag lässt sein Gesicht leuchten, er sieht müde aus, aber auch unnachgiebig, hart. Eine Klaue ragt aus dem Feuer, ich sehe erst jetzt: Da liegt ein Schaf. Es sind nur noch Reste des verkohlten Tieres zu erkennen, aus dem klaffenden Maul scheint ein lang anhaltender Fluch zu kommen.

Der ganzen Szene haftet etwas Unwirkliches an. Wolfgang atmet den Qualm ein und hustet. Er steht eine Weile da, ehe er die Schultern strafft und zum Stall geht. Vor dem Tor türmt sich ein Haufen toter Schafe. Er lädt einen Kadaver in die Schubkarre, hievt ihn ins Feuer, hebt abermals die Hand, als würde er den Segen erteilen. Er spricht von falschen Engeln, Propheten und dem Weltgericht. So geht das bis zum Morgengrauen.

Eine Fäulniswolke hat sich um die toten Tiere gebildet, eine Ratte springt weg. Ich bin froh, nichts riechen zu können. Norbert aber kauert vor den Überresten, schnüffelt und stochert darin herum.

Was habe ich verpasst?

Ich weiß auch nichts, sagt er, wie du siehst, bin ich beschäftigt.

Herr Geist hat die Augen geschlossen, als wäre er geblendet vom Sonnenlicht, das durch das Fenster fällt. Er ist in seinen Selbstgesprächen gefangen, inbrünstig murmelt er, als würde gleich etwas Großes geschehen, das er sich wünschen oder das er ablehnen müsste. Er spricht von Napoleon, nennt Gandhi einen Mistkerl, dann sagt er laut: Ich verstehe das nicht, wie soll man das begreifen? Jeanne d'Arc verbrannt? In Auschwitz von Hitler?

Er ist verwirrt, aber zu wem spricht er? Ich habe ihn nie richtig wahrgenommen. Wer ist Herr Geist, frage ich.

Als seine Frau sich vom Acker gemacht hat, ist er mehr und mehr erloschen, erklärt Bauer Lehmann.

Weshalb ist sie weg?

Sie wollte raus aus dem Dorf, und er wollte noch warten, bis sie es sich leisten könnten, sagt Gerda Engel.

Warten, bis das Leben vorbei ist, sagt der Graukopf.

Würde mich nicht wundern, wenn er Geld unter seinem Kopfkissen versteckt hätte, sagt Bauer Lehmann.

Genau so ist es, erwidert Dr. Freud. Das Geld würde für eine Weltreise reichen, und in seinen lichten Momenten spricht er davon, das Dorf zu verlassen. Seine größte Angst ist es, hier beerdigt zu werden.

Das ist mir völlig entgangen, sage ich überrascht.

Die Verrückte: Nun weiß ich endlich, was die Hölle ist – in dem Dorf, das man verlassen wollte, begraben zu sein.

Branka winkt dem Umzugswagen hinterher. Sie hat im Goldenen Ochsen zu einem Abschiedstrunk geladen. Gabriela steht hinter der Theke. Es geht die Rede um, dass sie Branka nach Hamburg folgen will.

Hans kommt mit seiner Mutter. Er stellt die Krücke ab, beugt sich über den Tresen und sagt: ein grünes Kaltgetränk.

Gabriela schenkt ihm einen Pfeffi ein.

Der Name *Dicke Hubert* klingt nicht mehr angebracht, sie hat mindestens die Hälfte an Gewicht verloren und sieht nun auf eine ganz andere Art hungrig aus. Sie trinkt ein Radler.

Bipolarchen hält Heinrich im Arm, sie haben gerade ihre Freundschaftsphase, die der feindlichen gar nicht unähnlich ist. Heinrich trinkt schnell ein Bier nach dem anderen und erklärt seinem Freund, dass das Leben auch hätte anders verlaufen können. Wäre ich Erbe, besäße ich auch ein Haus, sagt er.

Dir würde nicht nur ein Haus, sondern ein ganzes Schloss, eine Kirche zustehen, versichert ihm Bipolarchen gut gelaunt.

Unzählige Kerzen erleuchten den Raum. Sektflaschen werden geöffnet. Branka stößt mit jedem ihrer Gäste an, die Stimmung ist aufgekratzt. Dr. Kies prostet ihr drei Mal zu. Doris trägt ein orangefarbenes Kostüm und eine Perlenkette, das Haar hochtoupiert wie in den Sechzigern. Nur Wolfgang steht wortlos in der Ecke und trinkt für sich.

Zu später Stunde erscheinen die Schriftstellerin und der Trommler, zwei Turteltauben an diesem Abend, und sie fragt in die Runde: Was ist das Schlimmste, das ihr je getan habt? Sie bekommt keine Antwort, solche Kinderfragen ist hier niemand gewohnt. Dafür möchte die Hubert einmal mehr von ihrem Großvater erzählen. Darüber könnte man auch ein Buch schreiben, sagt sie zur Schriftstellerin, die ihr eine Weile zuhört und dann einfach in Richtung Toilette verschwindet. Der Trommler lächelt, während die Hubert jetzt auf ihn einredet.

Gabriela stellt die letzten Flaschen auf die Theke und öffnet das Fenster. Kalte Nachtluft schwappt herein. Dr. Kies geht zuerst.

Er sieht erschöpft aus, sagt Branka und betrachtet das Aquarell, das er ihr mitgebracht hat: ein Feld schwarzer Blumen.

Der reinste Friedhof, sagt Gabriela.

Wenn sie wüsste, denke ich, dann höre ich sie fragen: Wie es wohl Hilde gehen mag?

Ich warte gespannt auf Brankas Antwort, doch die lächelt nur.

Auf den Dächern eine dichte Schneedecke, Rauch steigt aus den Schornsteinen ins dämmrige Wolkengrau. Der Bus hält neben dem vereisten Teich, die Fahrerin verabschiedet den einzigen Fahrgast mit einem Nicken. Es ist ein Fremder, nur mit Badelatschen, kurzer Hose und einem Hemd bekleidet, auf seinem Rücken ein großer Rucksack. Die Flocken fallen so dicht, dass er nach wenigen Schritten eine Haube aus Schnee auf dem Kopf trägt. Er geht die Dorfstraße entlang, bleibt immer wieder vor den Häusern stehen und schaut in die erleuchteten Fenster. Er scheint nicht zu frieren, beim näheren Hinsehen meine ich, in ihm den Inder zu erkennen, den Helen mit ihrer Postkarte angekündigt hat. Wer auch sonst sollte sich so kurz vor Weihnachten in unser Dorf verirren?

Außer dem Inder ist weit und breit kein Mensch auf der Straße. Ich folge seinen Blicken in die Fenster, sehe Doris in der Küche sich die Fingernägel lackieren. Eisenalex tanzt allein, seine Bewegungen sind wild und furios, dabei lächelt er schelmisch, als würde er vor Publikum tanzen. Herr Geist redet wieder von Hitler, flucht, lacht, schlägt sich gegen die Stirn. Die Hubert geht wie von Fäden gezogen zum Kühlschrank und nascht. Der Inder bleibt vor dem verwaisten Klettergerüst und der Plastikwippe stehen. Ich versuche unser Dorf mit seinen Augen zu sehen, und hätte ich ein lebendes Herz, es würde rasseln vor Trostlosigkeit.

Der Inder klingelt bei den Mühlis, wie sie mittlerweile im Dorf genannt werden. Leo öffnet ihm, und sie umarmen einander, als würden sie sich kennen und an eine vorausgegangene Begegnung anknüpfen.

In den nächsten Tagen geht der Inder durchs Dorf, betrachtet alles genau, fotografiert die Zäune vor den Häusern, die es ihm offenbar besonders angetan haben. Die Dorfbewohner kommentieren vor allem seinen sommerlichen Aufzug: Soll ich ihm nicht ein paar warme Socken stricken, fragt Doris, als sie Leo vor dem Supermarkt trifft. Trotz seines nachdrücklichen: Krishna friert nicht, glaubt ihm keiner.

Vielleicht 'ne Flasche Rum, sagt Heinrich, der wärmt von innen.

Krishna also. Er scheint sich hier wohlzufühlen, kocht indisch, sitzt an seinem Laptop, probiert mit Leo Rauschmittel aus, leider verstehe ich kein Wort Englisch, doch meistens lachen sie nur.

Heiligabend. Das Dorf ist weihnachtlich geschmückt. Nelli würzt in der Küche den Glühwein. Krishna folgt Leo in den Stall und bewundert Jackson, der inzwischen halb blind ist und die Hauer verloren hat. Er krault ihm die Borsten zwischen den Ohren.

Die Schriftstellerin füttert eine kranke Dohle.

An Doris' Haus erklimmt ein beleuchteter Weihnachtsmann die Wand. Sie bügelt im Bademantel ein rotes Kleid.

Vor Hans und der Hubert steht ein Gänsebraten, Klöße, Rotwein, neben den Tellern liegen sogar Servietten, und während er es sich schmecken lässt, rührt seine Mutter kaum etwas an. Er stellt sein Glas hart auf den Tisch, schnalzt verächtlich, dann sagt er betont: dürre Schabracke. Sie sieht ihn an, als glaubte sie, sich verhört zu haben, und bricht in ein Lachen aus, das lange nicht enden will.

Coco ist aus der Winterstarre erwacht. Gabriela weiß nicht, was sie tun soll, sie liegt bäuchlings vor der Schildkröte und spricht leise und zärtlich auf sie ein. Am Türbalken zum Schlafzimmer hängt ein Mistelzweig.

Herr Geist redet unentwegt.

Im Flur von Florian und Amelie steht ein riesiger Weihnachtsbaum, er ist mit Zinnfiguren und roten Kerzen geschmückt. Amelie lässt Puderzucker auf die selbst gebackenen Plätzchen rieseln. Die Kinder flüstern sich Schimpfworte zu. Fotzenarsch, sagt der Junge und gleich danach: gilt nicht, war nur Spaß.

Wolfgang steht im Stall und drischt auf eine Kuh ein.

Röschen will sterben und weiß nicht, wie.

Bipolarchen spricht begeistert zu seinem Spiegelbild: Zeig es allen! Sehr gut! Weiter so!

Eisenalex pustet Wölkchen in die Luft, er versucht sich an Ringen aus Zigarettenrauch.

Heinrich zieht schwankend seinen Mantel an, die Glocken sind zu hören.

Wenig später bin ich in der Kirche, die ich seit meiner Beerdigung nicht mehr von innen gesehen habe. Die Pastorin ist schon da, auch aus den Nachbardörfern trudeln sie ein, bald sind alle Bänke besetzt. Die Pastorin spricht über die Geburt Jesu, dann werden Weihnachtslieder gesungen. Doris singt inbrünstig und laut und scharrt dabei mit ihren Schuhen über den Boden, ihr ist kalt, das rote Kleid scheint nicht zu wärmen. Die meisten Dorfbewohner sind in Pelzmäntel und dicke Schals eingemummt, ein Kind quengelt, nicht alle kennen die Texte. Eisenalex liest vom Blatt ab, Gabriela lächelt stumm, Herr Geist in der ersten Reihe murmelt vor sich hin. Während die Pastorin ihre Predigt fortführt, flutet mit der Dunkelheit noch mehr Kälte durch die schmalen Fenster. Die Pastorin hat ein weiches Gesicht, das im Kerzenlicht konzentriert und freundlich wirkt. Sie redet über Gottes Liebe und dass der Mensch sich in dessen Liebe am wohlsten fühle, Gott sage Ja zu uns, Gott sei mit uns, was auch immer komme, Gott leihe uns wie einem Vogel seine Flügel. Als Herr Geist plötzlich aufsteht und zu ihr nach vorn geht, hält sie inne. Was ist mit den Konzentrationslagern? Was ist mit Buchenwald, fragt er. Die Pastorin mustert ihn wie ein unfolgsames Kind, aber auch, als hätte sie sich verhört, sie räuspert sich, will weitersprechen, doch Herr Geist hat jetzt die Hände gefaltet, und seine Frage fällt noch einmal dringlicher in die Stille, er scheint in Not zu sein. Diesmal antwortet sie ihm mit sanfter Stimme: Buchenwald? Da haben wir uns wohl vergaloppiert.

Oh, die Schriftstellerin. Obwohl bei diesem Satz ein Murren durch die Reihen ging, erhoben sich nur sie und der Trommler und verließen die Kirche. Und nun kann sie nicht aufhören, bei jeder sich bietenden Gelegenheit die Worte der Pastorin zu wiederholen. Ein Mahnbrief wegen Falschparkens: Da haben wir uns wohl vergaloppiert. Ein Streit mit dem Trommler: Da haben wir uns wohl vergaloppiert. Das Essen ist angebrannt: Da haben wir uns wohl vergaloppiert. Sie sagt es laut und deutlich, als spräche sie zu einer Taubstummen. Die Schriftstellerin ist wütend, traumversunken, ungeduldig, auch sie führt Selbstgespräche; da ist einiges los, ein kompaktes Gemurmel ihrer Gegenüber ist zu hören. Das Blau ihrer Augen verdunkelt sich, wenn sie diskutiert. Leicht haben die anderen es nicht, kaum macht jemand den Mund auf, scheint sie schon zu wissen, was gesagt werden wird.

Krishna friert nicht. Das will keinem in den Kopf. Doris ist mit selbst gestrickten Socken auf den Mühlenhof gekommen, Amelie mit einem alten Pelzmantel, und Heinrich wollte einen Schnaps mit Krishna teilen. Aber nicht nur friert der Inder nicht, er liebt die Kälte sogar, genauso wie er es liebt, aus einem winzigen Fläschchen den Hauch eines Tropfens zu sich zu nehmen, um dann auf dem Boden liegend mit hochrotem Kopf zu stöhnen und kleine Schmerzenslaute auszustoßen. Auf dem Etikett lese ich: *Mad Dog 357,* darunter: *9 Million Scoville,* es muss etwas sehr Scharfes sein, denn Leo lehnt es ab, das Essen damit zu würzen.

So grau und bleiern, kahle Bäume, Krähen in den Ackerfurchen, und Wolfgang mittendrin in der Januarerschöpfung. Er sieht aus, als wäre er dabei, verrückt zu werden. Seit der Biokontrolleur gravierende Mängel auf dem Hof festgestellt hat, lässt Wolfgang seine finstere Wut vollends an den Tieren aus, und das stets im Namen seiner Propheten. Er prügelt und tötet, im Stall liegt der Kadaver einer Kuh, dazu beschallt die Musik von *Lohengrin* den Hof.

Coco ist tot. Wohl schon seit Tagen, wobei sie noch den Kopf bewegt haben soll. Gabriela scheint erleichtert zu sein – und ist gleichzeitig von Schuldgefühlen geplagt. Am Telefon spricht sie mit einem Freund über den Tod des Tieres. Ich muss keine Rücksicht mehr nehmen, wenn ich verreisen will, sagt sie. Aber was soll ich nur mit der toten Coco anfangen? Im Garten begraben?

Ihr fällt ein, dass sie beim Kauf der Schildkröte mehrere Formulare zu unterschreiben hatte. Dass sie verpflichtet ist, den Tod des Tieres zu melden. So schreibt sie einen Brief an die Naturschutzbehörde:

Liebe Frau Brandenburg,
leider muss ich Ihnen sagen, dass meine geliebte Coco von mir gegangen ist. Ich weiß nichts von einer Vorerkrankung. Wahrscheinlich lag es an der Wärmelampe, die Glühbirne ist immer schwächer geworden. Oder es war der falsche Ort zum Überwintern (im Keller). Das habe ich leider nicht gewusst. Ich habe würdevoll von

ihr Abschied genommen. Darf ich sie in meinem Garten begraben? Ich bin sehr traurig und möchte keine neue Schildkröte.

Seit Tagen peitscht ein Schneesturm durch das Dorf. Der Strom fällt stundenlang aus, Autos stehen bis über die Reifen im Schnee. Leo und Krishna schaufeln den Gehweg frei, dann die Tore zu den Ställen. Die Hühner hocken dicht beieinander, sie wollen nicht ins Freie. Jackson knirscht mit den Resten seiner Zähne, und Rosa, die neue Sau, will nicht werfen. Auch die anderen Dorfbewohner schippen Schnee, und jeder hat einen Kommentar zu dem Inder in Badelatschen. Als Doris ihn so sieht, schreit sie: Bringt ihm eine Decke, er wird erfrieren. Doch Krishna lächelt nur.

Heinrich steht mit zwei Bierflaschen vor Bipolarchen, der im Garten die Äste beschneidet. Es ist zu spät dafür, das weiß selbst Heinrich, die Vögel nisten schon. Bipolarchen nimmt wortlos eine Flasche entgegen und widmet sich wieder der Arbeit. Heinrich räuspert sich, trinkt einen Schluck, steckt die nächste Zigarette an.

Ich muss dich was fragen, beginnt er und schweigt eine Weile.

Bipolarchen hebt die Augenbrauen, er lächelt abwartend.

Heinrich schaut zum Himmel, als wäre da was, dann sagt er: Ich bin klamm, kannst du mir was borgen?

Sein Nachbar zuckt mit den Schultern, antwortet

vergnüglich: Nichts ist für umsonst, nicht mal der Tod, der kostet das Leben.

Was soll ich tun, fragt Heinrich.

Und immer wieder Schlucki. Ein Ausgestoßener am Ende des Dorfs, nirgendwo ist die Abwesenheit von Gott spürbarer als hier. Schlucki betet, obwohl er kraftlos ist, er kann keine normale Flasche mehr halten, der Boden ist übersät mit Brandflecken und Kippen und Hunderten der kleinen Schnapsflaschen, die im Supermarkt griffbereit neben der Kasse stehen. Schlucki leidet an einer schweren Krankheit, das ist offensichtlich, er kann den rechten Arm nicht mehr heben und auch den linken nur noch wenig, sein Atem kommt flach und spärlich. Er sitzt auf dem Boden und starrt die Wand an. Sein Gesicht hat einen erschrockenen Ausdruck, die schmalen Lippen wie ein Strich aus Angst. Zum Trinken ist das Beten dazugekommen. Er spricht mit Gott in seiner letzten Not – da könnte er genauso gut den Mond anreden. Er versucht zu verhandeln, feilscht um einen winzigen Rest noch vom Leben. Was hat er Gott zu bieten? Tränen laufen ihm über die Wangen, wenn er diese Frage hört.

Schon wieder Frühling. Märzenbecher, Narzissen, Krokusse. Die Natur macht ihr Ding, egal, ob einer weint. Was habe ich noch begriffen? Dass wir dem Leben einen Sinn geben müssen, weil es keinen gibt.

Hilde. Ihren Namen auszusprechen, erfüllt mich mit Freude.

Gabriela steigt eines Vormittags mit einem Koffer in den Bus. Nachmittags wird der Regisseur erwartet. Sie hat Coco im Garten begraben, die Ähnlichkeit mit E.T. wird unentdeckt bleiben. Auf nach Paris!

Amelie und Florian haben eine weiß gedeckte Tafel vorbereitet, Austern, Kaviar, die Früchte sehen aus wie gemalt. Köche und Kellner aus der Hauptstadt wuseln herum, sogar eine Geigerin hält sich bereit.

Eisenalex steht am Ortseingang, um den Regisseur nicht zu verpassen. Die Mappe mit den Fotografien trägt er unter dem Arm.

Doris sitzt seit Stunden im roten Kleid am Küchentisch und stellt einen besonders schönen Strauß aus getrockneten Kräutern zusammen.

Fünfzehn Uhr. Ein schwarzes, großes Auto rollt durchs Dorf und hält vor dem Haus der Huberts. Hans steht mit seiner Mutter im Eingang. Aus dem Auto steigen vier Männer, und genau in diesem Augenblick setzt Nieselregen ein. Ein Schirm wird aufgespannt, ich erkenne den Regisseur darunter. Er begrüßt Hans und die Hubert in englischer Sprache, ein Dolmetscher übersetzt. Die beiden anderen Typen scheinen Bodyguards zu sein, sie gehen voraus, schauen sich im Haus um, der Regisseur überreicht ein Geschenk und Blumen. Auf dem Küchenbuffet liegen einige Fotos und Briefe des berühmten Großvaters, der Tisch in der Mitte ist festlich gedeckt. Die Hubert wirkt verlegen, schüchtern fast, doch der Regisseur lächelt sehr freundlich, trinkt seinen Kaffee im Stehen, seine Fragen werden vom

Dolmetscher zügig übersetzt. Während seine Mutter langsam auftaut und sogar lacht, sagt Hans kein Wort. Er steht abwartend am Fenster, lässt den Blick über den Garten schweifen, gibt Eisenalex ein Zeichen, dass er sich gedulden soll. Als die Hubert eine Sektflasche öffnet, lehnt der Regisseur dankend ab, und obwohl er den Bildern aus dem Internet ähnelt, wirkt er in Natur viel kleiner. Er betrachtet die Fotos des Großvaters genau, leider weiß die Hubert nicht, wo sie aufgenommen wurden, sie kann sich an vieles nicht erinnern. Dann verabschiedet sich der Regisseur, sein Lächeln erhellt noch einmal den Raum, er eilt hinaus, wo der graue Nieselschleier in Regen übergegangen ist, huscht unter dem Schirm ins Auto und ist weg.

Was heißt das, fragt Hans: *Er wird von sich hören lassen*?

Draußen zittert Eisenalex im durchnässten Mantel.

Die Hubert wickelt das Geschenk aus.

Ostersonntag. Wir sind im Wohnzimmer der Schriftstellerin und sehen den Papst, hören seine Rede an alle Gläubigen der Welt. Wir sehen ihn über den Petersplatz durch die Menschenreihen schreiten, er küsst ein Kind, erteilt einer Verkrüppelten den Segen.

Wusstest du, dass Papst Clemens VIII. den Kaffee segnen ließ, fragt der Trommler.

Die Schriftstellerin seufzt und legt die Hände auf den Kopf ihres Freundes, der vor ihr auf dem Boden sitzt. Sie massiert ihm den Kopf, und er stöhnt behaglich. Wie zwei Affen beim Lausen.

So viele Menschen, sagt der Junge mit der Badehose und zeigt auf den Petersplatz. Bestimmt hunderttausend.

Wenn nicht noch mehr, antwortet die Verrückte. Aber keiner wird übrig bleiben. Sie werden alle verschwinden. Selbst Gott wird verschwinden.

Die Erde macht weiter, sie braucht uns nicht. Die Menschheit ist nichts weiter als eine Episode auf diesem Planeten, sagt Dr. Freud.

Alles weg, selbst die Toten, fragt der Junge mit der Badehose.

Kein Kopernikus, kein Newton, kein Einstein. Nichts wird bleiben, nichts mehr entdeckt werden, erwidert Dr. Freud.

Krishna ist abgereist. Schade, wir hatten gehofft, er würde bleiben und Kinder zeugen, aber mit wem? Und spätestens als Chronist hätte er seine Geschichte erzählen können.

Was würdest du vermissen, wenn die Erde untergeht, fragt die Schriftstellerin.

Der Trommler: frischen Schnee.

Ja, sagt sie, es wird leise, und alles da draußen verstummt.

Der Dorfteich ist von einer glitzernden Eisschicht überzogen. Die kalte Sophie weht ihren frostigen Hauch über die Pfingstrosen und Hortensien, die im Garten der Schriftstellerin wachsen. Sie ist gerade dabei, eine Liste über sämtliche Sätze in ihren Büchern zusammenzustellen, die mit Vögeln zu tun haben. Ein eifriger Leser kam auf 528.

Der Regisseur ist genau vierundfünfzig Minuten in unserem Dorf gewesen. So stand es in der Zeitung. Sein Geschenk: ein Reisewecker von Tiffany. Beim Auswickeln fand die Hubert noch ein Kärtchen, auf dem stand: *Für den besonderen Gast dankt das Hotel Adlon*.

Florian steht schlaflos vor dem Teich und schreit die Frösche an. Er scheint das tobende Konzert als persönlichen Angriff zu verstehen. Ruhe, schreit er, und noch mal: RUHE. Dann legt er sich die Hand vor den Mund, wie um sich von weiteren Schreien abzuhalten. Der Mond schimmert hell über den Teich, der bis zum Rand gefüllt ist mit laichenden Froschleibern.

Auch die Hubert kann nicht schlafen. Es ist dunkel im Haus, nur das Licht des geöffneten Kühlschranks erhellt ihr Gesicht. Sie isst einen Pudding, horcht in die Dunkelheit, doch außer den Fröschen ist nichts zu hören, und Hans schläft. Sie isst Kuchen, Pizza, wischt sich über den Mund vor Behagen, sieht ihr Essen an, als würde sie mit ihm sprechen wollen.

Die Tage gehen, die Wochen. August: Die Luft ist voller Déjà-vus, überall Vertrautes, nur erträglich im Sommer. Leo tritt versehentlich auf eine Schnecke, und es sieht aus, als würde er den Schmerz des Tieres am eigenen Körper erleiden.

Eine blöde Schnecke kann nichts spüren, sagt Pede.

Sie stöhnt zwar nicht, erläutert Dr. Freud, aber sie hat Leber, Lunge, Niere und ein Herz.

Ein Herz, na so was, höhnt der schöne Karl, der seine Schmollecke nur noch verlässt, um zu fluchen. Unmöglich, mit ihm ein normales Wort zu wechseln.

Was ist nur mit den Männern los, sagt die Verrückte.

Helen hat die nächste Karte geschickt und einen Gast aus China angekündigt.

Hans liegt im Krankenhaus, zu viel Gin Tonic.

Ich habe eine Zeile aus dem Gedicht von Hilde übersetzt:

Nur Regen,
der auf nichts mehr trifft.

Bipolarchen setzt sein Mercedes-Cabrio mit einem lauten Hupen aus der Garage, neben ihm sitzt Heinrich, und ich meine zu hören, wie das eiserne Band von seinem Herzen springt.

Ein Graureiher watet durch den Teich.

Die Schriftstellerin sagt: Du musst keine Angst haben. Das Leben ist nur eine Unterbrechung, ein kurzes Innehalten zwischen dem Nichts davor und dem Nichts danach.

Es hat wochenlang geregnet. Der Bach ist ein reißender Fluss geworden, das Wasser strömt über die Böschung. Röschen steht auf einer Fußbank und hält sich an der absinkenden Mauer fest. Ihre Augen wirken hohl, und doch schaut sie genau dorthin, wo ihr Sohn sie erwartet. Wir sind alle da. Sie schafft es nicht beim ersten Mal, ändert ihre Stellung, kauert und kämpft sich wieder hoch. Als der Wind aufheult, in einem gewaltigen, lautlosen Lärm, fliegt sie, und noch im Fliegen hören wir ihren letzten Atemzug, und hinterher versichern wir einander, dass es tatsächlich nach Veilchen gerochen hat, und ehe Röschen auf das Wasser trifft, umfängt Norbert sie in seinen Armen.

Ich bin bei Schlucki. Obwohl er in seinem Erbrochenen liegt, will er nicht gehen. Ich halte seinen alten Säuferschädel so lange, bis er aufgibt.

Nur Regen, der auf nichts mehr trifft.